Hi~.

九先生的怪奇收藏馆

九先生 / 著

江苏凤凰文艺出版社
JIANGSU PHOENIX LITERATURE AND ART PUBLISHING

图书在版编目（CIP）数据

九先生的怪奇收藏馆 / 九先生著. -- 南京 : 江苏凤凰文艺出版社, 2021.12
ISBN 978-7-5594-3480-7

Ⅰ. ①九… Ⅱ. ①九… Ⅲ. ①故事－作品集－中国－当代 Ⅳ. ①I247.81

中国版本图书馆CIP数据核字（2021）第207830号

九先生的怪奇收藏馆

九先生　著

责任编辑　周颖若
特约编辑　肖志暇
装帧设计　小　乔
内页设计　米　籽
责任印制　刘　巍
出版发行　江苏凤凰文艺出版社
　　　　　南京市中央路165号，邮编：210009
网　　址　http://www.jswenyi.com
印　　刷　杭州日报报业集团盛元印务有限公司
开　　本　880毫米×1230毫米　1/32
印　　张　9.5
字　　数　237千字
版　　次　2021年12月第1版
印　　次　2021年12月第1次印刷
书　　号　ISBN 978-7-5594-3480-7
定　　价　42.80元

JIU XIAN SHENG DE

GUAI QI SHOU CANG GUAN

目录

古往

今来

超时空

VOL.01

古往

GU WANG

QI TIAN DA SHENG

齐天大圣

01

1.

阎王慌了，因为斗战胜佛死了。

死因很简单，被妖王打死的。

而两个人的争斗无非就是因为玉帝老儿整天想着一统三界，派斗战胜佛四处讨伐。

谁知讨伐了几十年，妖界是怎么都打不下来。

没想到这蓄力一战，竟然让斗战胜佛丢了性命。

那可是孙悟空啊，几千年前大闹天宫，连天庭都不放在眼里的齐天大圣。

结果最后斗战胜佛身穿一件印有“佛”字的盔甲，就这么死在了妖王手里。

妖王还留下了一句话：“就这？”

就这。

出战的仙全慌了，地府也慌了。

战亡名单一直都是地府负责统计的，可谁敢把孙悟空的名字写上去给玉帝看啊？那还不得龙颜大怒。

而且这斗战胜佛一死，天庭的军心就散了啊。不光如此，妖界魔界还可能趁机入侵。

阎王想到这些，失眠了一整晚，最后一大早就赶去了十九层地狱。

因为他想到了唯一一个方法。

请猴子出来吧。

大门一开，带着火的铁链四处都是，最终集中在中间的火石上。而链条锁着的，是一只红毛的猴子。

阎王走近：“大圣，我来请您了。”

猴子抬眼：“怎么，外面那假小子死了？”

阎王：“您料事如神。”

猴子：“他那法术，都不如我一根猴毛，死也是早晚的事。”

阎王：“您能出去吗？我的意思是，以斗战胜佛的身份。”

猴子不屑：“爷爷我在这很自在。”

阎王：“哦，对了，牛魔前几次战争的时候被抓住了，现在被关在十八层地狱。我的意思是，那个你的好兄弟——牛魔。”

出地狱的时候，阎王反复交代，千万不要让别人看出破绽，特别是玉帝。

猴子点点头。

2.

斗战胜佛归来，净坛使者猪八戒捧着一盘子香蕉来他殿上唠嗑。

猪八戒进门，却看到他蹲在金椅子上摆弄挂在那的一串红灯笼，盔甲被扔得满地都是。

净坛使者：“猴哥？”

猴子：“呆子，端着香蕉做什？拿蟠桃来。”

净坛使者一瞬间有些失神。

猴子跳下来拍了他一下：“看什么呢？”

净坛使者回过神：“猴哥，你挺久没喊我呆子了。”

猴子：“那我平时喊你什么？”

净坛使者：“喊我净坛使者。”

停了停，他又说：“你怎么又喜欢吃蟠桃了？以前不是说，香蕉更好吃吗？我和沙师弟去偷蟠桃，你还说嫌酸不想去。”

猴子挠了挠头。

这假猴子，也不知是真喜欢吃香蕉，还是没胆子去偷玉帝老儿的蟠桃。

猴子：“呆子，我们认识得有几千年了吧？”

净坛使者：“对啊，从高老庄开始。”

猴子：“得有好多年是在十九层地狱里过的吧？现在想想，日子真苦。”

净坛使者：“是啊，幸好玉帝言而有信，最后还真给我们封了佛，让我娶了嫦娥。”

猴子冷笑。

言而有信？这可不是玉帝。

3.

王帝暂时没有召见打了败仗的斗战胜佛。

猴子闲来无事，去看了天庭的史书。

有一章《西游记》，看得猴子直笑。

孙悟空、猪八戒、沙悟净和白龙马护送唐三藏取经，一路斩妖除魔。

这省去的，可不止一点两点。

当时他是大闹天宫，是被佛祖给降了，可是压到五指山下的不是他。

那只是个和孙悟空长得一模一样的猴子罢了，听说是玉帝捏出来的。

真正的孙悟空，直接被压在了十九层地狱里。

这事佛祖不知道，天庭的其他人也不知道，知道的只有玉帝和阎王。

要知道，他可是闹了天宫，差点掀翻玉帝宝座的人。这记仇的老儿，怎么可能让他安安稳稳地待在五指山下呢？

只是玉帝没想到，佛祖竟然安排五指山下的猴子去保护唐僧。这可了不得了，那捍出的猴子法力平平，根本打不过妖怪。

于是，阎王出马，想了个法子。

傀儡术。

这是阎王的看家本领，只要在两个人身上施法，就能让身处不同地方的人做出相同的动作。

所以，孙悟空在十九层地狱里戴着锁链，看着幻影里的妖怪，打斗了大半个取经路。

而在外面打打杀杀的，只不过是个泥捏的假猴子罢了。

至于为什么不放猴子出去？

玉帝哪敢呢？一是得落个一己私欲欺骗佛祖的罪名，二是降不住的人，他不敢用。

这也是为什么孙悟空可以大闹天宫，有时候却打不过妖怪的原因——十九层地狱的孙悟空，偶尔在午睡，那时他就不屑管外面那个猴子的死活了。

其实孙悟空刚开始是不答应这个无理要求的。

但是阎王说：“想想花果山的那群猴子吧。”

行吧，他就当作打发无聊时间了。

是挺无聊的，但是后来热闹了一阵子。

因为猪妖猪八戒也来十九层地狱了。

和猴子一样，他也负责指挥外面那个猪傀儡打妖怪。

两个人经常一起喝酒聊天。

而孙悟空也摸清了他被关进来的原因。

猪八戒和嫦娥情投意合，玉帝却也看上了嫦娥，于是找借口把他打下了天庭。谁知道佛祖竟然也让他保护唐僧取经，为了事情不暴露，玉帝只能故技重施。

取经到一半的时候，玉帝派人来说，如果两个人真心悔改，就让他们出去，真真正正地保护唐僧，最后还会成佛，甚至还会允许猪八戒娶嫦娥。

猴子是无所谓的，但是猪八戒好像信了，更加努力地打妖怪。

没想到，玉帝真的放两个人出来了。

猴子刚开始亲力亲为，打了好几个妖怪，直到他无意中得到了一个消息。

嫦娥死了。

嫦娥不愿意从了玉帝，一心想要等猪八戒回来，所以被赐死了。

这件事很少人知道，因为玉帝事后捏了个假嫦娥，敷衍了事。

猴子不忍心告诉猪八戒真相，却对玉帝起了杀心。

这种人，不该活着。

可是这念头最终还是没有藏住，玉帝知道了，并且主动解决了他。

至于怎么解决的嘛——

利用六耳猕猴。

玉帝神不知鬼不觉地用傀儡再次顶替了孙悟空，而真正的孙悟空则又被关回了十九层地狱。

这事就连猪八戒都没察觉，还一直以为那个假猴子就是和他一起在地府待过的齐天大圣。

猴子被关回去后不愿意再做指挥傀儡的人了，因此“真假孙悟空”之后的猴子，明显不怎么厉害了。

真可笑。

猴子吃了一堆蟠桃，昏昏睡去。

4.

玉帝派斗战胜佛再次去征讨妖界。

斗战胜佛请求出征前去地府喝酒，玉帝许了。

到了地府，猴子要求阎王带他去看牛魔。

阎王打开了门，一个被压在巨石下的身影出现在猴子的视线中。

猴子握紧拳头。

听说啊，这牛魔是斗战胜佛亲手抓来的，靠着天兵天将，里三层外三层地围住了牛魔的洞府，铁扇公主跪地求饶，可斗战胜佛还是把牛魔抓了邀功。

猴子看着牛魔，只说了一句话：“不是我。”

牛魔抬头：“我知道。”

5.

地府来报，阎王死了。

玉帝大惊，连忙召集天兵天将保护自己，可是已经来不及了。

外面传来了和几千年前一样的一句话：“我是齐天大圣孙悟空。”

乌云密布。

第一棍，敲散了宝殿柱子。

第二棍，敲破了玉椅。

第三棍，直接敲在了玉帝的头上。

天兵天将跪地求饶，随后赶来的便是牛魔、八戒、妖王。

妖王一挥手，小妖蜂拥而至，整个天庭顿时热闹起来。

孙悟空踩着玉帝的尸体，吃着蟠桃。

本来不想玩的，既然玉帝一心邀请，他就再玩上一次。

几千年了，这位置，也该换人坐坐了。

XI ZI HE XI ZI

西子和戏子

02

京城都在传，有个吸人血的怪物出现了，听说长得青面獠牙，杀起人来不眨眼。

西子对此很感兴趣。

毕竟，西子从小便立志要做个江湖侠客。

惩恶扬善、劫富济贫的那种。

为此，西子还练就了一身武功。那武功可厉害着呢，不光宫里面的小太监小宫女，就连大内侍卫都不是她的对手。

没错，西子生在宫里，是皇帝唯一的女儿。

她有九个皇兄，一个父皇。

从小到大，她都是衣来伸手饭来张口，就算她想要天上的月亮，父皇和皇兄都会去摘来给她。

可是她还是想做个侠客。

饮酒江湖，醉卧马背的那种。

说起酒，西子格外喜欢，而且她酒量惊人，平日那酒葫芦，她喝空五六个都没有醉意。

父皇和皇兄都说，西子又会武功又会喝酒，算是个小侠客了。

西子："那你让我出去闯荡一番。"

父皇："今天的月亮还不错。"

西子："……"

父皇每次都是这样，只要一提起出宫，就立刻把话题岔开。

而且西子自小还有家训：天见黑，必须回寝宫。毫不夸张地说，每日傍晚父皇和皇兄都会轮流过来检查西子在不在寝宫。

所以西子一直不能去看看那宫墙外的世界。

好不容易，她等到了一个千载难逢的机会。

西子生辰那天，皇帝安排了一场盛大的宴席，还从宫外请了戏班，宫里一片热闹。

她趁着混乱，准备悄悄溜出去看看。

可惜，这皇宫太大了，就算从小生活在此，她还是迷路了。

西子钻进了一个不知道是做什么用途的房间，见到了一个身穿灰布长衣，头束长发的男子。

这男子生的好生俊俏，就算是西子的皇兄也不足以媲美。

西子：“你……是侠客？”

这分明就是西子心中的侠客形象，潇洒的衣物，俊俏的面容，还有腰间那把锋利的宝剑。

白辰挑眉：“你是谁？”

西子：“我是小宫女。”

白辰打量了一下西子：“来此做什？”

西子想了一下，立刻咧开嘴巴笑了：“我来拜师学艺！我很厉害的，宫里没有人能打得过我。”

说完她得意地抹了一下鼻子。

白辰依旧一脸冷漠，站起身，双手比画了一个姿势：“来，试试你的功底。”

西子立刻兴致勃勃地站了过去，准备拿平日对付御前侍卫的那几招好好炫耀一下。

可是只一招，西子就被气哭了。

西子：“不对嘛，平时只要我一点对手的穴位，他就立刻倒下了，你为什么……”

白辰嘴角抽搐。

这小姑娘生得倒是灵动，只可惜脑子不太正常。一开始比武就疯狂用手指戳自己的胸口，而且那力道软绵绵的。

西子气鼓鼓地坐在地上。

白辰见她小脸通红，开口问道：“你平日就这么打架的？”

西子：“嗯。”

白辰：“……”

当天，白辰教了西子几招防身的本领。作为回报，西子也把自己腰间的玉牌给了白辰：“从今天开始，你就是我师父了。”

天快黑了，西子也必须回寝宫了。她因为失踪了一整天，还被父皇好一顿凶。

安稳了没几天，西子还是没忍住再次跑去了那个房间，可是却没见到那个侠客。西子好一阵折腾，却从墙壁的位置听到了声音。

墙外：“是你吗？小丫头。”

西子跑过去，把耳朵贴在墙壁上，听到熟悉的声音，咧开嘴巴笑着应答：“师父。”

没一会儿，门外就传来了翻墙的声音，随后，师父便出现在了西子的面前，还是那一身侠客服。

师父给西子讲了很多墙外的故事。

师父说，他不是这宫里的人，而是墙外的侠客。师父说，最近那个作妖的怪物又吸血了，闹得百姓不得安宁。

西子托腮：“那师父你一定要在外面好好调查，然后告诉我怪物的位置，我们一起做英雄。”

白辰愣了一下：“英雄？”

随后他抬眸，就看到了西子那闪着光的眼睛。

此后，西子和白辰约定好，只要西子敲响墙壁，白辰就会在不久后翻墙而入，教西子武功，告诉西子“怪物案件”的最新进展。

中秋那天，西子和白辰一起翻出了宫墙，跑到了小酒馆喝酒。

西子：“我酒量很好的。”

白辰不信，伸手把一个酒葫芦递给了她。结果，西子只抿了一口就倒在了地上。

西子哪知道，她平日里喝的酒，都是清水加上一滴女儿红而已。

当天晚上，西子在酒馆又唱又跳，还趴到师父身上，让他红了脸颊。

第二天西子清醒过来的时候，看到的是一个空荡荡的客栈房间。她刚扶着发昏的头脑坐起来，就看到了背着阳光走进来的师父。

白辰：“昨日你喝醉了大闹，差点把酒馆砸了。”

西子抬头，今日的师父似乎有些虚弱，脸色苍白，毫无血色，就连弯腰放下那碗蛋羹的时候，手都在颤抖。

西子询问，却问不出什么。

回宫之后，父皇理所当然地龙颜大怒，罚西子三个月不许踏出寝殿。

而这时，外面出事了。

百姓不知从哪得来的消息，说怪物在皇宫里，全城上下要皇帝给个说法。

这个时候，一个年轻人出现了。他说，自己就是那怪物，也就是嗜血兽。这种怪物白日是人形，到了傍晚便会吸食人血。

皇帝满意地笑了，很快下令，将这怪物永远困在牢狱里，终生不得出去半步。

当双手和双脚被锁上了无比厚重的刑具，白辰知道，迎接自己的将是一辈子的不见天日。

西子听说了这件事，却怎么都不相信嗜血兽竟然是自己的师父。

可是任她怎么闹，都没有得到任何回应。

她只得到了一个小宫女悄悄塞过来的信。

信上说，他根本不是侠客，而是一个十恶不赦的小偷，白日在戏班里唱戏，晚上就去偷些金银财宝。

至于第一次相见，不过是他受邀前来唱戏罢了，傻丫头竟然一眼就认定他是侠客。

他这辈子第一次被称作英雄，那感觉真好。

还有，他才是那嗜血兽。之前不过是制造了一些假证据给她，谁知她竟然相信了，真的以为怪物在皇宫外。

他累了，不想再制造祸端了。所以，就用自己给京城一个交代好了。

西子哭了很久。

白辰坐在牢底，眼带泪痕。

他那封半真半假的信应该骗得了那个孩子吧。

他确实是个戏子，那身被误认为是侠客服的衣服也不过是戏服。至于为什么每次西子敲墙壁他都会出现，是因为他的戏班就在墙外。

每次见她，他还得找班主借那身衣服。

被称作英雄的感觉真的很好。

不过他还真的有另外一个身份——傍晚的毛贼，而且还帮着皇宫里的人收集血。

他不知道皇宫里的人为什么需要血，但是他一直帮着解决那么多人，为的无非是钱。

他没什么道德感，从小就吊儿郎当，只知道这是个戴着青面獠牙的面具惹祸，然后送进宫里拿钱的好差事。

所以，换个角度说，他还真是那个“怪物”。只不过帮忙解决掉那些人的是他，享受结果的他却一直不知道是谁。

他告诉小丫头那些线索的时候，为的也只是享受她那种崇敬的目光。

但是嗜血兽不是他，而是她。

中秋那晚，西子喝完酒之后夜色降临，她变了脸色。

他万万没想到，这皇宫里的怪物，竟然是自己的这个小丫头。

于是他把自己的胳膊送到了她的嘴边，当晚就做了决定。

虽然她生来有这怪病，可是帮忙解决的却一直都是自己。

那就由他来扛下这一切。

她太干净了，所有的脏由自己来扛下来好了。

所以他主动找到皇上说："我会扛下这一切。"

皇上："你要你家人腰缠万贯，还是要你家人升官显贵？"

白辰："我要个宫女帮我送封信。"

皇上："当真？"

白辰："当真。"

他来坐牢吧，本来人也是他解决的。

白辰英雄救美，西子单纯无知，这故事的结尾似乎很凄美。

可惜，这不是结尾。

皇帝看着事情平息了下来，满意地笑了。

现在这个嗜血兽，在百姓眼里已经消失了，那么，就让她彻底消失吧。

嗜血兽，吸血为生，二十三岁的时候，肉身可让人长生不老。

他养她那么久，无非就是为了长生不老。

人不为己，天诛地灭。更何况帝王。

第二天太阳照常升起，世间却再无西子公主。

西子永远不会知道这一切真相。

白辰也永远不会知道西子的消失。

百姓同样永远不会知道皇帝和九个皇子为何丝毫不见衰老。

皇帝早就知道西子和戏子的相见，早就知道傻戏子会代替她扛下这一切。只有这样，他才可以既对百姓有交代，又能够长生不老。

他们真傻，中秋那晚，他要是不知晓，西子和戏子又怎么可能翻出墙去？

就连戏班的位置，都是他事先安排好的。

HU LI WEI BA

狐狸尾巴

03

1.

千年的红狐妖喜欢上了一个公子。

公子说话很温柔，眼睛是闭起来的，他每天都坐在一张轮椅上，手上喜欢握着一把白扇子。

狐妖刚开始只是去他的茅草屋偷东西吃，久而久之竟然动了凡心。

狐族的老祖宗交代过，千万不能对人类动心，特别是没有成形之前。

没错，狐妖修炼千年，即将化为人形。

再等几年就好了，到时它就可以化成一个娘子，永远陪在公子身边了。

不过公子经常心情不好，狐妖问他为什么，公子说因为看不到这草屋前的秋叶飘落，真可惜。

狐妖想了很久，最终还是施法，将自己的视力送了一半给他。

从那以后，狐妖看东西便有些模糊，但值得庆幸的是，公子能看到屋前的落叶了。

2.

公子被接走了。

因为有一群穿着好看的人过来说，公子是当今皇上的孩子。

听说，皇上有八个皇子，公子是第九个。他和八皇子是双胞胎，长得一模一样，只是儿时被人偷出了宫，还被扔下了悬崖，人人都以为他死了。

公子的腿和眼睛就是那时候摔坏的。

狐妖虽然舍不得，但最终还是没能阻挡公子被接入宫。

听说那皇宫就像龙潭虎穴，公子腿脚又不方便，恐怕是要吃亏的。

狐妖托着腮，看着窗外模糊的落叶，想着已经走了许多天的公子，有些想念。

但是公子交代过，让它在这老老实实等着，不要去皇宫。

一年春秋，狐妖竟然等来了一顶轿子。

抬轿的人说，九皇子派人来接一只狐狸。

狐妖兴奋地钻入轿子。

3.

狐妖在公子的殿里住下了，这些天她吃得很好，因此已经能够化为人形了。

化为人形的狐妖长相很媚，一双丹凤眼轻轻一眨，就能勾掉人半条性命。

公子坐在轮椅上道："你是狐狸的时候是一只罕见的红狐，如今化为人形了，不如就叫小红娘吧。"

从那天开始，九皇子身边多了一个贴身宫女，叫小红娘。

小红娘的眼睛看不清东西，但是帮九皇子做起事情来干净利索，也是九皇子最信任的人。

4.

听说，宰相府的大小姐要嫁给其中一个皇子。小红娘跑去看了那个皇子的画像，竟然是公子。

吓得她连忙跑去问公子是怎么回事。

公子笑着说，那个人才不是他，而是他那双胞胎哥哥八皇子。八皇子四肢健全，文武双全，也是皇位的第一继承人，如今再娶了宰相的千金，可以说是稳上加稳。

那天晚上小红娘和公子一起喝了酒，小红娘一下子变回了小狐狸。

小红娘："我们狐族一沾酒就会变回原形的，而且法力会暂时消失，但是明早就会变回来的。"

公子点点头，把小狐狸放在了自己腿上，就像当初在茅草屋里那样。

5.

八皇子来公子的殿里做客，虽然两个人在下棋，但是八皇子的眼睛自始至终都没有离开过一旁的小红娘。

八皇子临走的时候说："我能把这个宫女讨走吗？"

公子愣了一下，说："不行。"

小红娘打量了一下八皇子，他虽然有着和公子一样的面孔，但身上没有那种儒雅之气，而是另外一种阳刚之气。

而公子文文弱弱，只能坐在轮椅上。

两人一母同胞，命运却不同。

自那以后，八皇子想尽了法子来公子这里做客，还经常送一些小物件给红娘，还在酒醉后说过一句话，他说这辈子就没见过红娘这般让他心动的女子。

红娘看向公子，她的眼里只有公子。

6.

婚期将近，皇宫里却出事了。

皇上突然一病不起，怎么查也查不出病因。

有个巫师过来瞧病，他说，这宫里有狐妖在作怪，要想皇上病好，必须杀了狐妖。

皇帝信了，杀掉了宫里宫外所有狐狸，可是病还没好。

巫师又说，这狐妖是罕见的红狐。

所以，躺在床上的老皇帝告诉九个皇子，谁杀了那只作妖的红狐，谁就是未来皇位的继承人。

小红娘预感不对，有些慌张，她变成狐狸趴在窗户旁边，却看到人人都离开之后，坐在轮椅上的公子塞给了巫师一些银两。

狐狸向来聪明，她知道下一步，公子就要把自己交上去换皇位了。

7.

小红娘突然被公子召见，一进门就看到桌子上摆满了酒。

他这是要行动了吗?

用酒把自己变回狐狸，然后他去换皇位。

公子：“小红娘，你跟着我那么久，喝完酒，我想给你一个惊喜。”

红娘点点头，把酒杯递了过去。

公子一饮而尽，随后倒下了。

随后，她施法伪造了公子自刎的场景。

从此之后，世上再也没有九皇子了。

8.

红娘被分配到了八皇子的宫殿里，八皇子拿了很多好吃的出来招待红娘。

红娘吃了很多，然后渐渐失去了意识。

等再次醒来的时候，她发现自己已经变回了狐狸，而身边坐着的竟然是八皇子。

她惊恐地摇了摇头，意识到了什么。

八皇子坐在那扇扇子，像极了公子。

他站起身摸了摸因为吃了食物里的酒而没有法术的小狐狸，说："小红娘，这名字可是我给你起的。"

眼前模糊的八皇子渐渐和记忆中公子的身影重合。

他站起身，把小狐狸抱在了自己的腿上。

他开口："昨日你毒死的那个是我皇兄，现在，我终于可以名正言顺地成为他了。"

小狐狸被他抱着走向了皇帝的宫殿。

她明白了。

公子来了皇宫一年，看遍了奢侈，眼红了，他不满足自己的身份，每次看到和自己长得一样的八皇子都会嫉妒。

所以，他费尽心思悄悄治好了自己的腿，又一直坐在轮椅上隐藏自己，最后再把小狐狸接回宫一步步接近皇位。

先是让八皇子喜欢上小狐狸，再然后，公子告诉他，红娘喜欢的只有自己，如果他愿意互换身份，那自己也愿意。

八皇子动心了，他愿意为了红娘放弃自己的一切，成为九皇子，这辈子都假装行动不便坐在轮椅上，然后和她共度余生。

所以，买通巫师的确实是公子，只不过他让小狐狸看到这个场景之后，就转身去了八皇子的殿里。

他告诉八皇子："就今晚，我们互换吧。从明早开始，我是八皇子，你是那个轮椅上的九皇子。我娶宰相千金，你带红娘逃出宫，去草屋共度余生。她眼睛看不清，不会发现这件事。"

八皇子很高兴。

公子又说："对了，她很喜欢酒和枫叶。"

八皇子记下了，他坐在轮椅上，备了酒，又在屋外的树上绑满了枫叶。

虽然是寒冬，但是在他的布置下，一摇动树干，就会有枫叶落下。这就是他口中的惊喜。

小狐狸杀掉的是八皇子，而面前这个，才是公子。

果然，狐族的祖先说得对，千万不要对人类动心。

9.

"八皇子"捉到了红狐，献给了皇帝，很快成了太子。

而红狐被皇帝下令处死，从此不得作妖。

后来，另外七个皇子都莫名其妙地死亡，而皇帝也难逃厄运。

"八皇子"登基了，坐上皇位的时候他笑得令人战栗。

没有人注意到，新皇帝有一条狐狸尾巴。

也没有人知道，其实狐狸喝了酒根本不会法力全无，那只是祖上传下来用来试探人心的招数。

皇位上的小红娘笑了。

PI YING

·皮影·

04

1.

“传说中，这世间有种人叫作时光族。他们因为来自四维世界，所以身体比正常人更加脆弱……”

这是一出皮影戏，名字叫《时空人救母》，是老柳的看家本领。

柳三刀，人称老柳。

他的皮影戏是一绝，人人都知道。

那皮影人在他手里，就像活了一般，任何动作都能做得顺畅。

每次他在镇子里大喊：“来看皮影喽，佳佳。”

大家就都搬着板凳出来围在一起。

至于佳佳，那是老柳的亲妹妹。她扎着两个小马尾辫，脸蛋总是红彤彤的，长得格外漂亮。

只可惜，佳佳是个哑巴。

而老柳也并非正常人，他的智力只有六岁孩童的水平，平时衣食起居都靠着妹妹照顾，快三十岁了也没成家。

但是，一旦让他拿到皮影，他就像浑身打了鸡血一样，双眼放光，清清嗓子就开唱。

他的《时空人救母》是佳佳亲自写出来的故事，情节感人，紧凑又新颖，场场都是惊艳四方。

很多有钱人为了能听上一次，愿意付出千万黄金。

可老柳很讨厌有钱人，但凡场子上有有钱人在，他就会收拾东西走人。

“千金难买柳一曲。”

这是富人们经常说的一句话。

没办法，他是傻子，不认得钱。钱在他面前，只有臭味。

但是有一天，他却搬着一堆家什，进了赵公子的府上。

众人都不知道到底是什么让老柳第一次破戒，只知道赵公子第二天赏了他一百两银子。

不过，三天后，赵公子死了。

2.

这事并没有引起什么恐慌，毕竟赵公子这样的人会死，很正常——他经常搜刮民财、强抢民女，招了不少仇恨。

但是，自赵公子死后，老柳也变得不正常起来——他不为穷人唱皮影了，反而只给富人搭台子。

这让很多人觉得，老柳变了。

当然，还有很多人说，老柳本来就是这样的，现在只是因为身边没有佳佳管着他了。

没错，佳佳失踪了。

很多人都发现，原本形影不离的兄妹二人，不再一起进出了，佳佳就好像凭空消失了一般。

事情越传越诡异，很多人认为老柳是被不干净的东西附身了，街坊邻居热心地请来了驱魔人。

“这屋子邪气重啊。”驱魔人装模作样的，然后猛然推开门，但是屋子里空无一人，本该睡在床上的老柳没了踪影。

突然，一个人尖叫起来，因为他看到了床下的身影——老柳。

准确地说，是老柳的尸体。

他已经没有了呼吸。

众人大惊，几个人慌张地将他从床下拖出来，可下一秒……

“都围着我干什么？吃糖糖……”老柳突然睁开了眼睛。

“你吓死我们了，柳憨子，我们以为你死了。”邻居孙大娘松了一口气，她经常照顾这对可怜的兄妹。佳佳失踪后，孙大娘茶不思饭不想了好几天。

醒来的老柳只是痴痴地笑着，和平常一样。

“可是他刚刚明明没有呼吸了……”一个小孩子眼神惊恐地看着老柳。

“我只是在睡觉而已。”老柳打了个哈欠。

剩下的几个人倒没有在意一个孩子的话，见老柳没事，也就都散去了。

等到房间里只剩下老柳一个人的时候，他脸上的痴笑不见了，取而代之的是面无表情。

没有人注意到，他的胳膊比平常粗了很多。

“愚蠢的人类。”老柳扬起胳膊，慢慢从上面揭下来了一层皮。

而皮下，还是正常的肌肤。

他勾起嘴角，露出了右边的一颗牙，是金色的。

3.

城里又有有钱人死了，这是这个月的第三个。

大家终于意识到了不对劲的地方，这群死去的有钱人，都有一个相同点——他们都听过老柳的皮影戏。

这些天，老柳经常四处去找有钱人唱皮影戏。而唱完后几天，有钱人就会在家中暴毙。

这是为什么？

没有人知道。

大家也不会相信，一个傻子能做这种事。

直到……

“我亲眼看到的，柳憨子的皮影人会流血。真的，流了很多血。”一个小孩子慌张地告诉大人们。

他好奇老柳在给有钱人唱什么戏，于是趴在墙上看幕布后的老柳，然后就看到老柳手中的皮影人在流血。

“小孩子少看一些乱七八糟的东西，瞎想什么啊！”大人们显然不相信这个说法，随便讲了几句话把小孩子打发了。

但是，大人们也在害怕，因为小孩子的话，让他们想到了柳三刀的母亲——柳娘。

当年，柳娘是镇子上出了名的美人，和丈夫十分恩爱，生下了柳三刀。虽然柳三刀智力不正常，但柳娘一家的日子过得还算幸福。

直到有日溪水旁，柳娘的美貌吸引了当地的葛财主，葛财主带着一群人闯入了夫妻俩的小屋，杀了她丈夫，把柳娘抢回了府。那晚之后，可怜的柳娘怀孕了。

九个月之后，柳娘生下了一个女娃，也就是佳佳，随后便上吊自杀了，只剩下一个傻哥哥和一个刚刚落地的妹妹。

而柳娘虽然温柔大方，在结婚前，却被大家称为“怪人”。

怪就怪在她的皮影上。

柳娘也是唱皮影戏的，但是她的皮影都是用死人皮制成的。

她说：“只有真皮，才能为皮影注入灵魂。”

这件事被发现的时候，柳娘正在乱葬岗找制造皮影的材料。大家都惊恐地看着这个平日里温柔的女人，自此没有人敢再去听她的戏。她和她的丈夫也被赶出了镇子，在镇外生活。

大家对这个女人心怀愧疚，毕竟是因为他们的排斥，才让这夫妻俩独居在外，受到财主的欺负。所以，在柳娘去世之后，众人就把两个孩子接回了镇子。

没想到柳三刀长大后，唱皮影戏比他娘还要好听好几倍。

但这流血的皮影人，却让大家不由得心头一颤。

为此，有人特意去问了老柳："你的皮影是什么做成的啊？"

"皮影，嘿嘿，秘密……"老柳只是傻乎乎地笑着。

"别问他了，一个傻子知道什么啊？"孙大娘从屋了里走出，递给老柳一碗米饭，宠溺地看着他。

"我就是好奇嘛……"提问的人摸了摸头。

"当心好奇害死猫……"孙大娘突然严肃了起来。

"孙……孙大娘。"

"开玩笑的，你这孩子真不经吓。"孙大娘又突然笑了。

4.

这次死的是小葛财主，而小葛财主的爹，就是当年玷污柳娘的人。

这下，大家都开始怀疑起了柳三刀。

因为，在小葛财主的家里，发现了佳佳的尸体。

而老柳也自此消失在了大家的视线中。

众人不解，种种证据都指向是柳三刀在报仇，但他一个傻子，又是怎么做到解决这么多财主的呢？

"或许……是时空人？"有个人看着财主府上的惨状，突然想到了时空人的皮影戏。

那出戏中，时空人是可以随意穿梭时间的人种，他们生性善良，却被不断残忍对待，最终，他们决心隐藏身份在人群中杀富济贫，帮助一切需要帮助的人。

难道……柳三刀就是时空人？

虽然谜团并没有解开，但是大家还是厚葬了佳佳。

城中几个欺负人的财主都死了，剩下的有钱人自然也收敛了很多，不再为非作歹。

三天后，佳佳的坟墓旁又多出了一个坟墓，上面写着：柳三刀之墓。

他们兄妹俩早就死了，在几个月前。

而现在正在烧纸的，是孙大娘，旁边拿着烧鸡上供的男人，是孙大娘的儿子孙群。

“娘，这仇帮他们报了，我是不是再也不用假扮柳三刀了，装傻子是真不自在。”孙群说着。

“不用了，我们帮这两个可怜孩子报仇了，也帮他娘报仇了，这恩也算还了。”

“那下一步，还去收集真皮吗？”

“当然，这皮影还得要材料才行。”孙大娘笑着，一抬手，两个人就这么凭空消失了。

时空人真的存在，孙大娘和孙群就是。

当初，孙大娘和柳娘是很好的朋友，柳娘也知道孙大娘的身份，知道她经常把作恶之人杀掉，然后利用能力让尸体凭空消失。

可时空人想解决掉一个人虽然方便，却难免有弊端，那就是无法解决掉尸体的皮。

骨肉可化解，但皮囊乃一个人灵魂的保护壳，时空人是无法将之分解的。

所以，柳娘就用这些皮做成皮影，然后再扔掉，以此来保护孙大娘，让事情不暴露。

后来，柳娘出事，孙大娘立刻把孩子们接到自己身边照顾，但没想到意外还是发生了。

因为柳三刀不愿给有钱人唱皮影戏，于是几个财主一起把柳三刀和佳佳接走，威胁他们必须唱，中途更是玷污了佳佳，让她备受折磨后死去。

而柳三刀还傻傻地抱着妹妹的尸体，以为佳佳只是睡着了。

“你妹妹就在这睡着，你回去，明天老老实实地来唱皮影戏！”那群有钱人欺负柳三刀是个傻子，把他揍了一顿就放了出去，并让他明天再挨家挨户唱皮影戏。

谁知那大暴雨，受伤的柳三刀不小心掉进了河里。

等到孙大娘发现两个孩子彻夜未归，急忙出去寻找的时候，却只看到了柳三刀的尸体。

于是，抚摸着柳三刀的血，孙大娘来到了一天前兄妹二人遇害的那天晚上。时空人可以凭借一个人的血液或发丝，来到与他相关的过去和未来，但是因为过去是无法改变的，所以孙大娘只能眼睁睁看着两个孩子遇害。

一场复仇，就此展开。

孙大娘把尸体藏了起来，让自己的儿子假扮成柳三刀。而她则跟随孙群一起进入富人府上，拿到发丝后穿越到几天后，杀死那个有钱人，并把皮制成皮影，回到现在，用那个皮影唱戏给富人听。

他们拍手叫绝的，都是用自己的皮制成的皮影。

就这样，当晚的六个恶人全部被如法炮制，任务完成，孙大娘与孙群也离开了人们的视线。

皮影是个好东西，但皮影是有灵魂的。

善人看的皮影，聚集人间喜乐。

恶人看的皮影，自然得用恶人来制作。

你，看过皮影戏吗？

SHEN YUAN YU

深渊鱼

05

1.

诚渊皇子发现，自己可能喜欢上了一个女妖。

不，不是可能，是一定。

眼前这个可爱乖巧，正对着他带来的大米饭狼吞虎咽的女孩，是个女妖。

“小鱼，你刚才为什么从墙那边穿过来啊？”诚渊皇子咽了一下口水，稍微有些害怕。

“你不能穿墙吗？我以为所有人都能。”小鱼愣了一下。

“没、没，我也能。你先吃。”诚渊怕小鱼怀疑她自己的身份，只能这么应付了一下。

诚渊发现小鱼是三天前中秋节举办晚宴的时候，当时他因为醉酒独自到后花园醒酒，发现了这个一身白衣的女孩。

她那一双灵动的眼睛，让诚渊不由得靠近，想要和她交谈。

他这才发现，这女子失忆了。她不光不记得自己的身份，更是不记得这个世界的法则，也不知道自己为什么出现在这深宫之中。

于是，诚渊为她取名小鱼，将她安置在了一个隐蔽的宫殿，每日前来探望。

小鱼格外爱吃大米饭，每次都能吃掉整整一碗。她还喜欢看着月亮发呆，说：“不知道为什么，我就是非常喜欢这个月亮，很漂亮。”

诚渊一愣，因为月亮总让他想到另外一个人。

那就是自己的皇子妃李芸。

世人都知道，罗城的大皇子诚渊只娶了一个女人，还是个普通的宫女。

他们的相识是在一个夜晚，月光下两个人琴瑟和鸣，惬意舒适，用音律畅谈心事。

月圆是他们的约定信号，每逢月圆，二人就隔着阁楼合奏。

后来，诚渊向父皇提出自己非这个女子不娶，这才查出，那个姑娘是敌国人质雪灵的贴身丫鬟。

雪灵是敌国的公主，从小就被当作人质放在罗城。一个好好的姑娘就这样成了两国战争的牺牲品。

而她的丫鬟叫李芸，和她差不多年纪。

诚渊和李芸成亲了。

但很快，他发现了不对劲的地方——李芸根本不会弹琴。

诚渊这才知道，当初那个弹琴的是雪灵。雪灵知道以自己的身份不可能成为皇子妃，加上李芸想要飞黄腾达，才有了这么一出调包计。

知道真相的诚渊每日酗酒，却不能戳破此事。因为事情一旦败露，雪灵就犯了欺君之罪。

于是，诚渊只能每日看着关押雪灵的宫殿黯然神伤。

直到雪灵去世，诚渊都没能见到她一次。

雪灵的死和四皇子有关。外界传闻，四皇子对雪灵图谋不轨，逼得她撞墙自尽。而雪灵死之前，更是用刀子捅伤了四皇子，使他至今都处于昏迷当中。

宫女之间传言，之前四皇子就多次前去雪灵的住处，心怀不轨。

自己心仪之人就这样死去，诚渊自然心痛不已。他在中秋晚宴上大醉一场，遇到了小鱼。

小鱼是如此纯洁，对任何事物都没有记忆，相信诚渊所说的每一句话，但是却是只妖。

例如她可以穿墙，可以腾空半米，可以站在原地不动就让酒杯飘过来。

只是单纯的小鱼以为这些是所有人都能做到的，所以从来没有怀疑过自己。

“你在想什么啊？”小鱼的声音让诚渊回过神来。

“没什么。这些吃的够吗？不够的话我再拿来一些。”诚渊笑了一下，尽力不显露出自己的慌张。

其实，就算小鱼是妖，她在这世上也只认识诚渊一人。他是她唯一的依靠。

“不，吃饱了，我们去看月亮吧。”小鱼转身就从墙里穿出去。

门外传来她的声音：“好大的月亮啊！你怎么没有跟上来？快出来啊。”

“来了。”诚渊只好无奈摇头，从门里走了出去。

“你为什么不穿墙啊？”

“……”

2.

诚渊特意找了法师询问。

法师说：“她的意念确实会化成人形在出事地附近停留，并且七天内没有任何记忆。只有找到自己真正的身份，下辈子才能有生的希望，不然她就会彻底消失。”

听到这里，诚渊找到掌事宫女，让她查出了近期出事的所有人。可奇怪的是，除了敌国公主雪灵，最近没有任何人出事。

傍晚，诚渊再次来找小鱼。

开门的时候，她正坐在窗户下看着外面。

“你在看什么？”

“我在等你啊。”

诚渊的心颤抖了一下。

这是他从小到大第一次感受到被需要的感觉。

但是很快，那种喜悦就消失了。因为这是他遇到小鱼的第五天，也就是说，小鱼在两天后就会彻底消失了。

“小鱼，我想告诉你，你的真实名字叫雪灵。其实，你已经……”说到这里，诚渊不忍心继续说下去，只能拉着她来到雪灵的宫殿。

按道理来说，只要让小鱼看到雪灵的真容，就能唤起她的记忆，让她有下辈子可活。

但就在诚渊准备带着小鱼前去打开雪灵的棺材的时候，身后却突然传来了声音：“四皇子醒了！皇上宣所有皇子即刻进殿！”

诚渊即将打开棺材的手停了下来，一来是想要尽快去找醒来的四皇子问清小鱼的死因，另外他也有私心，他想让小鱼多陪自己一会儿，哪怕只有一天也好。

“你在这里等我，千万不要动任何东西，也不能打开这个棺材，等我回来。”

“好。”小鱼点点头，格外乖巧。

3.

进四皇子的宫殿的时候，诚渊看到一群皇子围在四皇子身边。

而皇帝更是一脸愁容，看着刚刚醒来还十分虚弱的四皇子。

他本想开口质问，但……

“父皇一定替我做主啊！那雪灵就是个妖女！她勾引我不成，就下药，然后拿孩子威胁我，让我去拿出咱们的疆域布防图，被我拒绝之后，她就自杀相逼……”

诚渊瞬间愣在了原地。

下一秒，很多皇子都纷纷说出了关于雪灵的事情。

诚渊不可思议地听着这一切。

原来，雪灵根本不是人畜无害的公主，而是从开始就算计好了一切的奸细。

她以人质的身份前来罗城，却时时刻刻都在往外传递消息，这些年罗城的战败都与她有关。不光如此，她还勾引各个皇子，并以此来威胁他们帮助自己传递信息。

至于当初琴瑟合鸣之事，只不过是当时雪灵想要引起诚渊的注意，骗他成为自己的工具，但快要成功的时候却把目标转移到了四皇子身上，这才让身边的丫鬟嫁过去应付这一切。

“当初，我本有心爱之人，但雪灵公主以此来威胁我，如果我不按照她说的做，她就派人杀害我的心上人……”

李芸的话，让诚渊垂下了眼眸。

这才是真相吗？

诚渊回到棺材旁的时候，小鱼已经趴在那里睡着了。

“你来啦！”小鱼听到动静睁开眼睛，“我一直都很乖，待在这里一动没动。”

看着一脸单纯的小鱼，诚渊却再也没有了笑脸。

“跟着我回去吧。”

诚渊心意已决，将小鱼带回了宫殿，而他自己没有停留，转身离开了。

小鱼一个人呆坐在床上，不知道到底发生了什么。

第七天，小鱼在房间里等到了深夜，却迟迟没有等到诚渊的身影。直到天快亮时，她才看到了推门的身影，但那时，她的视线已经完全模糊。

“我好害怕，你为什么才来……”

随着最后一句话说完，小鱼渐渐失去意识，魂飞魄散。

而她到死都没有看清，进来的不过是个太监。

“大皇子让打扫什么啊？还说什么晦气，真是搞不懂。”

4.

先皇驾崩，大皇子继位。整整三十八年，他都没有再娶任何一个妃子，身边只有李芸一人。

有人问为何皇帝如此深情，李芸皇后却只能苦笑不言。

自己身为皇后，但诚渊始终没有碰过自己。

他心里，一直住的都是别人，一个十恶不赦的人。

直到诚渊去世，李芸也病倒在床，她死之前交代掌事宫女，一定要记得烧毁一个盒子。

宫女烧毁前没忍住打开看了一眼，却只看到了一本日记。听老宫女说，这好像是当初敌国人质雪灵公主的日记。

5.

“我只能这么做，如果不用身体去换取皇子口中的信息，我的父皇就会被轻而易举地打败。我宁愿成为敌国的罪人，也要保护我的国家。”

“我不想继续了，但是皇子们要挟我……这样的日子真苦。”

“我觉得我爱上了那个弹琴的人，不知道他是将军还是守卫，如果是个太监呢？太监我也想嫁。”

“他竟然是大皇子……我知道他不能娶我，我这样的身份根本没办法嫁给他……不如让李芸嫁过去吧，她很喜欢大皇子，也很温柔……”

“今天四皇子又约我见面，我不想继续交换了，可他说如果不继续，就把我出卖信息的事情告诉皇帝，还要说是我勾引他，他真是个无赖。我想保护我的国家，我知道我是罪人，但是他也不是什么好人，不如就在今天同归于尽吧。如果有来世，我想和大皇子重新相遇一次……”

SHAN YU DE EN REN

单羽的恩人

06

1.

我现在身处的世界，让我震惊。

虽然看了不少遍这本仙侠小说《洛神花茶》，但我仍然不知道我现在的这个身份，这个人，究竟叫什么名字。

小红？小明？二狗子？

我真的不知道，但好像是大反派旁边的小喽啰，貌似第二章就被男主角一巴掌拍死了。

我看了看周遭……

现在的情形是：魔族的大魔王单羽抓到了一个试图偷窃魔草的女仙人，也就是女主角。鉴于魔族和仙界自古以来势不两立，所以单羽准备将她处死。

不出意外的话，一会儿男主角就会过来英勇护妻。大战之中，会死一个无名小卒。

就是因为这个无名小卒，让单羽找到了机会，他以男主角伤害魔族之人为理由攻击天界，正式的乱斗剧情开启。

很不幸，我好像就是那个无名小卒。

我之所以记得这么清楚，是因为之前看书时，书上唯一一句对这个角色的描写让我印象还挺深刻的：一个穿着绿罗裙、戴着红簪子的小魔兵被男主角无意打中，当场身亡。

当时我十分无语。到底是什么人才会穿红配绿啊？这人是准备去唱戏吗？

没想到，这人就是我自己。

穿都穿了，我能怎么办？

但是这命不行，得改。

我得活着，不能就这么“领盒饭”。

随后，我的目光飘到了一个女人身上。

就是我身边被五花大绑的女主角——花茶。

花茶本是天庭的女官，因为与男主角相爱而独自下凡，为重伤的男主角找药，却不幸引发了天界和魔界的大战，成为罪人。

按照书里的描写，这个女人是十分傻……哦，不，善良的。

想要摆平她应该不难。

“那个……能请你帮我个忙吗？一会儿啊……”

在我的请求下，女主角似懂非懂地点点头。

“可是我为什么要帮你啊？”女主角还是稍微有点脑子的。

“我从小就父母双亡，被魔君抓过来做丫鬟，十分苦命……”说完我还特意抹了两下眼泪。

果然，女主角的圣母心发作，同意了我的请求。

于是，我立刻帮她松绑。

剧情就此开始改变。

男主角确实是从天而降，准备救回女主角，但是他刚想动手的时候，女主角竟然直接施展法术，开始攻击毫无防备的魔君单羽。而这个时候，一个无名小卒挺身而出，为魔君挡下致命一击，然后口吐鲜血、命悬一线……

这个小卒，就是我。

不过我吐出的不是鲜血，而是在后厨找到的番茄酱。

女主角的那一击，也是我刻意安排的，为的就是让我成为魔君的救命恩人。

果不其然，这一下完全打乱了主角们的故事线。魔君惊讶地看着为了救他而舍生忘死的我，满脸感动。而男主角看到女主角根本没有被绑着，索性直接将其带走。

就这样，我成了大反派的救命恩人。

魔君——杀人不眨眼的那个反派。

2.

我被单羽带回了魔殿的寝宫，由三四个丫鬟轮流照顾着，四天长胖了两斤，这期间他一直来探望我。

“你叫什么名字？”

“我叫……霍蛰久蒿。”

嗯，活着就好。

“你姓霍蛰？是个不常见的姓氏。你是什么时候来伺候我的？为什么我从来没见过你？”单羽凑近了一些。

出乎意料，这大反派还挺帅。

早知道他这么帅，当初我看小说的时候就不对他恨得牙痒痒了。

“我很早就在魔君身边了，只是魔君没注意到我而已。”

“那你为何要救本君？”单羽问。

这不是废话吗？论如何在这个整天死炮灰的小说里活下来，当然是傍上“大腿”了。

按照我多年看小说的经验来说，靠近男主角的女生绝对没有好下场，但是靠近大魔王的就不一定了。

“我……”一时间我也编不出什么理由。

“本君会无条件答应你三个要求，你记得就好。”

“真的吗？想要一屋子黄金也可以？”

魔君瞥了我一眼，仿佛被我的没见识吓到了。

“你跟我来。”

“去什么地方？”虽然有些担心他把我带到某个地方杀人灭口，但是想了一下，我还是跟了过去。

我们两个穿过一条长长的走廊，最终走到了一间看起来很像密室的地方。

单羽一挥手，密室的门打开，我目瞪口呆地站在了原地。

这……

满屋子的金银珠宝，就连地面都铺满了黄金，估计随便一颗宝石都比一屋子黄金值钱。

“黄金是魔界最不值钱的东西。”

“好的。”我擦了擦口水。

转头看向一脸无所谓的单羽，这种财大气粗的人真让人羡慕。

这人生目标不就有了？我拿上几颗，溜之大吉呗。

“如果有喜欢的，随便拿，我去处理点事情。”单羽留下这句话，转身离去。

看着满屋子珠宝，我咽了一下口水。

“一百平方米、两百平方米、三百平方米……”我把一粒粒宝贝拿在手里，计算着到底能买多大面积的房子。

半个时辰后，我已经把全身能塞的地方全部塞满了，转身颤颤巍巍地朝门口走去，谁知道正巧迎面撞上了一个高大的身影。

“谁啊？走路不看路吗？”我被撞得头晕眼花，结果一抬头却发现，是单羽。

看着掉了满地的珠宝，我有点难堪。

这显得我多贪财啊？

“我这是……帮你挑出来一些贵重的，想帮你好好保管。”

我承认这个理由烂透了，但是显然单羽并不在意珠宝的事情。

现在的他穿着一身格外好看的战甲，战甲将那张脸衬托得更好看了。

等等，战甲？

“你这是要去做什么？”我愣了一下，想到了个不好的情节。

当初小说中有一回合是大魔王单羽被天庭邀请去喝茶，实际上所谓的喝茶就是鸿门宴。宴席上单羽被下了药不说，还身受重伤差点惨死。

“天庭有邀，我不得不去。你在这待着，等我回来。”单羽皱着眉，好像有心事。

“等等，我跟你一起去吧。”我看了一下满地的珠宝，又看了下正要离开的单羽，最终还是决定暂时放弃一下暴富的机会。

毕竟救了他之后再来拿这些还是来得及的。

“你？为何？”单羽停下脚步。

“就当是我的第一个愿望。”我忍痛说道。

不过还是值得的，毕竟如果他死了，我可就没有人可以帮忙实现愿望了。

“好。”单羽没有多问，一只手突然搂住我的腰。

“你干啥？男女授受不亲。”

“好吧，那你不要后悔。”单羽又把手松开，拽了我一个衣角。

下一秒，我们直接腾空起来，一下子飞了出去。

“啊……”

那速度，简直比飞机还快，完全没有准备的我差点被吓死。

等到了天庭门口，我已经手脚并用地挂在单羽身上了。

“男女授受不亲。”单羽在憋笑。

这是我第一次看到他笑，还挺好看的嘛。

“走了，一会儿小心点。天庭这帮家伙惧怕我，一直不怀好意。”单羽扶着我站好。

“惧怕？他们那么多人还怕你啊？”

这是我第一次站在大反派的视角看故事，之前我一直认为他无恶不作，所以被好人惩罚是应该的。

“对，我父皇是当年天庭的战神，无人能敌，后来与天庭闹掰，在魔界称王，生下二子。我是长子，父亲把所有功力都传给了我。”单羽讲着，我们两个慢悠悠地走进了南天门。

不得不说，这天庭真是气派。

还有，这“大腿”傍得真是对极了。

3.

宴会上，众神都一脸谨慎，能看得出来他们确实惧怕单羽。

而玉帝则一直让仙娥们上酒，那酒一看就有问题。

“我来喝，我想尝尝。”不知道怎么想的，我脑子一热，接过仙娥递过来的酒杯一饮而尽。

我看到玉帝明显蹙眉，神色慌张了一下。

“单羽，此次请你来倒无别的意思，就想着酒后你可以和你弟弟叙叙旧，一家人团聚一下……”

我听到玉帝说了这句话，但是下面就听不清了。

因为我的意识在慢慢变弱，直到消失，我闭上了眼睛。

没记错的话，那酒里有药，所以单羽才会被攻击。

“丫头？”

我闭眼前，听到的最后一句话，是单羽在喊我。

等我再次睁开眼，时间已经是傍晚，身在魔界。

我躺在床上，旁边是一群丫鬟。

“单羽呢？”

“魔君休息去了，他守了您三天三夜，把魔气渡给您，这才让姑娘醒过来。”丫鬟解释。

“那……天庭那天他受伤了吗？”我有点担心。

“没有。但是天庭有人受伤了。”

“啊？”

我这才知道，那天单羽因为我昏迷的事情和天庭大战了一场。天庭在场的数十位仙人都不是他的对手，被打得屁滚尿流。

然后他抱着我，就这样走出了南天门。

这事已经传遍了三界，魔族和天庭的梁子也彻底结下了。

原来无论怎么发展，我终究都是个推动剧情发展的工具人。

我看向外面，有些担忧。

4.

我在魔殿过得还是挺滋润的。

衣来伸手，饭来张口，最重要的是有魔君陪我讲话。

这个魔君虽然杀人不眨眼，但是对救命恩人是真的好，百依百顺。

例如，就因为我的一句“我想养点宠物”，单羽就从魔界找来了各种各样神奇的生物，有些长着牛角，有些有六条腿。

“怎么了？不喜欢？”单羽问。

我看着眼前奇形怪状的“宠物”，嘴角抽搐了一下。

“喜欢……”

“喜欢就好。”单羽很满意。

我很害怕。

但是，我很快发现了不对劲的地方。

虽说我确实是成了魔君身边的受宠小配角，有了名正言顺的身份，可这大反派好像还是要闯祸。

“你这是在干什么？”

我看着大反派在写着什么东西，只可惜我并不认识魔族的字。

“征战令。”单羽开口，“我们魔族准备进攻天庭，这事你无须担忧。”

“不行！”我下意识脱口而出。

这怎么行啊？那岂不是又得有杀身之祸？

“你到底对天庭有什么执念？为什么非得进攻？”

“因为单卿。”单羽的拳头握紧了。

我知道这事不简单。

单卿——单羽的弟弟，生来体弱多病，所以单羽他爹才把魔族之王的位置给了单羽。

但单卿有个特殊的能力——千里眼。一次，单卿被天庭抓走，玉帝以帮助天庭的名义把他留在了大殿。

其实玉帝就是想要多个控制单羽的人质罢了。也因为此，魔族一直不敢进攻天界。

但是很奇怪，就在天庭宴会之后，单卿被放回来了，而且还安然无恙。

可当他诉说完近些年在天庭遭遇的非人般的折磨后，单羽顿时大怒，下决心要攻打天庭。

看着自己的哥哥要打架，单卿还挺开心，把天庭的图纸都画出来给单羽了。

无论怎么想，我都觉得这事不对劲。

还有，这本小说虽然我记得不多，但是也知道女主角在天庭的好友就叫作单卿。

这明明就是正面人物，怎么可能投靠大反派，怕不是反间计吧？

我一路打听，最终到了单卿的房间门外。

敲门。

“你是？”开门的是一个和单羽长得很像的人。

“你就是单卿？”我眯起眼睛打量，但是下一秒就被直接敲晕。

5.

再次睁开眼睛，我发现自己已经在自己的卧室里躺着了，身边正是那本《洛神花茶》。

“到底发生了什么事情？”我蹙眉，连忙翻开小说。

上面的大部分已经被改写，翻到中间，我看到了我昏迷的那一段内容。

后面的内容，也让我慢慢紧张起来。

我被敲晕后，被单卿带去了天庭。而这个时候，单羽带着天庭的图纸准备进攻，却发现中了圈套。

单卿指出的天庭薄弱之处，原来是天罗地网。

然后，在双方决一死战的时候，玉帝将晕倒的我作为筹码，让单羽主动投降。

单羽这才明白单卿自始至终都不是人质，而是天庭的人。他嫉妒哥哥拿到魔君的位置，于是和天庭联手演戏，成为“人质”。因为之前宴会的事情，大界知道了单羽对我的重视，这才趁机让单卿回去，一边绑走我，一边向单羽透露天庭的错误信息。

这样做为的就是将单羽一举歼灭。

“为什么这么对我？”这是单羽死前的最后一句话。

玉帝的回答是：“你作恶多端。”

是吗？

明明是因为他太强了，弱小的人总是惧怕强者。

不知不觉，眼泪流下，我合上书本。

6.

三个月后。

我已经正常开始上班，关于在小说世界里的记忆，我甚至都不确定是不是真实发生过。

直到——

“听说了吗？公司新来了个实习生，名字挺好听，叫什么来着？”

“哦对，叫单羽。”

SHA ZHU DE NV HAI

杀猪的女孩

07

1.

上仙说，他喜欢会舞剑的女孩。

但是我只会舞刀，还是杀猪刀。

可是没办法，月老就是把我们俩的姻缘线牵在一起了，还打了死结。

起因是，上仙打翻了月老珍藏的一罐酒。

这记仇的老头，转头就报复了。

但是，无论怎么样，这关我什么事啊？

我只是一个从人间积善到天庭继续杀猪的女孩啊！

2.

我是从十岁开始杀猪的，因为我祖祖辈辈都是杀猪匠，所以那把屠猪刀也是祖传的。

不要笑，有屠龙刀自然就有屠猪刀，我们一家可是靠着这刀喂饱了整个村子的人。

大饥荒那年，爹爹把家里的猪全杀了，免费发出去，所以我们家才积了很多的善，死后全家都成了神仙。

神仙也分三六九等的，各司其职。像上仙啊，上神啊，这些都是天生的，有天庭户口的神仙。我们这种人间来的，只能帮着打打杂。

所以我还是选择了杀猪，毕竟神仙也得吃饭不是？

我承认自己天天围着围裙一身猪血是不怎么雅观，但是不至于成为报复的工具吧？

知道自己被莫名其妙牵了姻缘线的那天，我提着杀猪刀到了月老的门前。

“老头，你给我出来！”

有人和我异口同声。

我看过去。

这是我第一次见到这个传说中的上仙洛鼎，模样确实有仙娥们吹嘘的那般俊美，声音也足够好听，但是我还是不想嫁给他。

说实话，我一直坚信婚姻自由，所以在人间一辈子没嫁，想要等到个有缘人，没想到就这么草率地被牵线了。

月老在里面闭门不出，半晌才发出声音。

“我说，你们别闹了，已经定了的事情是改变不了的。我的姻缘绳从来没有出过任何差错，如果你们执意不在一起，姻缘绳会发力的。”

我们俩都沉默了，互相打量了一下对方。

其实，洛鼎条件挺好的，倒是我爹娘喜欢的类型。

可是他怎么想的我就不知道了，看表情应该不是很满意。

就这样，我铩羽而归。

回到家，我看着水中的倒影，倒影中的姑娘头发简单地绾起，脸蛋上有一滴猪血，但是仔细看来还是蛮清秀的，不至于被这么嫌弃的。

“没眼光。”我抱怨着，转身继续杀猪。

而老爹这个时候从房间里走了出来。

“女儿，我听说月老给你和洛鼎上仙牵线了？那小子怎么样，帅气吗？我们秀秀可是很漂亮的，不能便宜了他……”老爹打着哈欠。

“行了吧爹，人家还嫌弃我呢。”我手起刀落，又砍了一条猪大腿下来，放在盘子里。

“嫌弃你？我还没嫌弃他呢。”

老爹看我像一朵花，只可惜，别人不这么看。

我本以为这事就这么过去了，谁知道过了几天，麻烦的事情来了。

一觉醒来，我发现自己竟然睡在洛鼎的宝殿里。这就算了，关键是我还睡在他的床上。

看着旁边的姻缘绳，我可算知道什么是发力了。

旁边的洛鼎还在熟睡，眼睛闭着，格外好看。

我欣赏了一下，然后准备起身离开。

但是……

“你在干什么？”洛鼎的声音传来。

我转头，看着他满脸诧异地看着我。

拜托，我是被姻缘绳绑来的啊。

“我可没想干吗，是这家伙搞的鬼。”

我把姻缘绳扔过去，但是那鬼绳子竟然直接去解他的衣服。

“非礼勿视！”我闭上眼睛，转过身去。

还好洛鼎的法力比较高，很轻易就制服了那条绳子。

就这样，我大清早从洛鼎的宫殿里走了出来，还碰上了好几个嘴碎的小仙娥。我知道，要大事不好了。

果不其然，我刚回到家，就有很多人跑来砸我的窗户，不用思考就知道一定是洛鼎的那群“小迷妹”来报仇了。

我被牵线给上仙这件事，不知道惹怒了多少人呢。

傍晚的时候，我依稀感觉姻缘绳还会搞出什么鬼，于是把房门上了锁，这才安心睡去。

只不过，我万万没想到，第二天醒来，我还是出现在洛鼎的殿里，而且……

我成了洛鼎？！

3.

不知道这是什么套路，但是一定还是姻缘线搞的鬼。我好像被困在洛鼎的身体里了，成了他。而他的话，十有八九是在我的身体里。

想到这，我连忙爬起来，想要过去看看，谁知道一堆仙娥围过来伺候我洗漱。

“上仙。”一堆仙娥围着我，好烦。

“算了算了，我自己来。”看着烦琐的工具，我真不知道如何使用，还有那衣服，里三层外三层，太难解了。

经过半个时辰的努力，我终于成功穿好了衣服，朝着我家的方向跑去。

而一进门，我就察觉到不对了。

院子里，有我爹的声音。

“你这丫头，让你杀个猪怎么变得这么难了？今天生意多，你在发什么呆啊？倒是下刀啊！”我爹好像在生气。

“不是，这猪就直接杀，难道不会弄得满身都是血啊？”这是洛鼎说的，但是此刻是我的声音。

“杀了几百年猪了，你在这矫情什么啊？”我爹一下拍在洛鼎的头上。

这是他的习惯性动作，但是显然洛鼎很不适应。

“你干什么？”

眼见着洛鼎要生气，我连忙跑过去，一把夺过屠猪刀，赔着笑脸。

“爹，我来我来，别为难他。”

话说出口我才意识到，自己现在是洛鼎了，不能喊爹。

“你喊我啥？虽然月老是牵线了，但是你还不是我们女婿呢，乱叫什么？不过，你会杀猪啊？”老爹的注意力又放在了杀猪上。

“我……会啊。”我笑着。

“行，那你来。我忙去了，你们俩抓紧啊！这姑娘也不知道今天咋了，不对劲。”老爹嘟囔着离开。

我看向洛鼎，他一脸幽怨地看着我。

“不是我的原因啊！突然变成了你，我也很纳闷。”我连忙撇清关系。

“不是，我是想说，你衣服都穿错了。”

“……”

在洛鼎的帮助下，我忙活了半天总算把衣服穿正确了，然后提起刀杀猪。

“你……别用我的身体做杀猪这种事。”洛鼎在旁边看不下去了。

“不是，杀猪怎么了？行，那你来？”

我把刀递给他，但是他拒绝了，还后退了好几步。

“不要，还是你来吧。”

我被他逗笑了，没想到自己看起来还是很可爱的嘛。

但是话说回来，这个高大的身体用得真不习惯，我感觉有点……恐高。

经过半天的努力，猪是杀好了，但是也把孩子吓傻了。

洛鼎目瞪口呆地看着我的一系列操作，差点把眼珠子瞪出来。

“你一个女孩子，怎么那么粗鲁？”洛鼎看着我，皱眉。

“你一个男孩子，怎么那么没用？”我也翻白眼。

帮我爹杀好猪，我们才去找月老，想要把身体换回来，但是却得知，这月老竟然出去旅游了！

“上仙，有什么重要的事情吗？”月老家的仙娥询问我。

“要是有，你们家月老能回来吗？”我问。

“不能。”

“……”

我们俩都沉默了。

4.

于是，我被迫成了洛鼎，住在上仙殿里。

洛鼎被迫成了我，陪着我老爹杀猪。

每到早晨，我就飞奔过去帮他杀猪，他就在旁边指手画脚，满脸嫌弃。

一来二去，整个天庭的人都认为我们这段姻缘是十拿九稳了，还传出不少绯闻。

这天，我又跑来家里杀猪，被老爹撞了个正着。

“你这小子，看起来还真不错，我很满意。”

能不满意吗？我就是你闺女啊！

话到嘴边，还是变成了“谢谢，应该的”。

看着我爹心满意足地离开，我可愁破了脑袋。

突然，洛鼎用我的身体凑过来闻了闻：“你多少天没洗澡了，怎么浑身臭臭的？”

我闻了一下自己，确实很臭。

其实我已经好几天没有沐浴了，就怕看到洛鼎的身体，整天身上痒死了。

“我怎么洗啊大哥，那不是要看到你的身子了？”

“洗啊，我天天都洗澡。看到就看到吧，我也看到了。”

“什么？”这么说他早就用我的身体洗过澡了？

“你！”

“我可是被迫的哦。”他倒说得理所当然。

没办法，现在不能和他计较，当务之急，是抓紧时间将身体换回来才行。

我查阅了很多的书籍，最后才看到了破解姻缘绳的秘诀——顺其自然。

我：“……”

这说了等于没说！

等到我气呼呼地跑回去准备吃饭的时候，却看到我老爹端着饭菜和洛鼎一同吃饭的画面。

洛鼎好像很开心，吃得也很多。

要知道，之前在我的了解中，洛鼎可是不食人间烟火的上仙，吃饭都是细嚼慢咽的那种。

没想到他也入乡随俗，吃猪肉吃得那么香。

就是可怜了我了。

我完全不习惯上仙殿的饮食习惯，已经接连饿了好几天的肚子了。这还不算，那些仙娥还要一天到晚地打扫卫生，弄得我连觉也睡不安稳。

他们说，这是上仙交代的，必须每天打扫八遍卫生。

不是，这洁癖也太严重了吧？

傍晚，肚子饿得咕咕叫的我实在忍不住了，准备蹑手蹑脚去找点吃的，但是谁知道迎面撞上一个弱小的女子。

定睛一看，竟然是我自己，哦，不，是洛鼎。

原来从洛鼎的视角看，我如此弱小啊，就像个……小鸡崽。

想到这我笑了出来。

“乐什么？饿傻了？”她蹦起来敲了一下我的脑袋。

好家伙，在家里别的没学会，倒是把我老爹的这个动作学会了。

“你来干什么？”我看着洛鼎。

“给你送吃的啊！我听仙娥说，你不吃我们上仙殿的东西，怕你饿死。”

说完，他弯腰从旁边的包裹里找出了一个饭盒，里面是猪肉。

看得我咽了一口口水。

不得不说，那些清汤寡水我还真的吃不惯，肉嘛还是大口吃比较爽。

“来吧，带你去个好地方。”洛鼎笑了一下，转身朝我招招手。

5.

“这就是你说的好地方！”我站在山巅，差点被冻死。

我敢说，这是天庭最冷的地方。

这些年来到天庭，四季如春，我都快忘了冬天什么样子了，这一下让我想起来了。

看向洛鼎的时候，他好像比我更惨。我那个小身板是更扛不住冻的，他被冻得鼻涕横流。

“你懂什么？这里是唯一一个和人间四季相同的地方，快点吃你的猪肉吧。”洛鼎搓着手，“但是我没想到你的身子这么不禁冻。”

“你就这么喜欢人间？”我也搓搓手，然后开始大口吃肉。

说实话，吃完肉就是不一样，身上瞬间暖和了很多。

“不知道为何，就是很喜欢，比天庭有人情味儿。”

“你一个神仙要什么人情味儿？好好做你的神仙吧。”

“我刚开始也是人，只不过是仙做得久了而已。”这洛鼎，又敲了下我的脑袋。

突然，我感觉头脑一昏，直接没支撑住倒了下去。

再次醒来，我竟然已经安然无恙地躺在了我的小屋里。最让人吃惊的是，我回到自己的身体上了。

难道，感受寒冷才是破解的办法？

这让我十分迷茫，我第一反应就是去找洛鼎。

然而，一到洛鼎的殿里，我就笑出了声。

旁边的仙娥们在嘀嘀咕咕。

“不是吧，上仙到底怎么了？怎么也不让我们伺候更衣了？”

“而且还嫌弃饭菜不好吃，这不都是他规定的吗？”

“对，还有他一直要后厨做猪肉！”

我：“……”

憋着笑，我一路跑到了殿里，看到了洛鼎忙着吃肉的画面。

“哟，这是在干什么？”我调侃。

他也发现了我的存在，连忙整理衣服，坐端正了很多：“不知道为什么，我们换过来了。本仙已经找人去调查原因了，希望下次不要再有这种荒谬的事情出现。”

然而，话还没说完，就有仙娥跑了进来，手里捧着一本仙书。

仙娥："我查到了！是要动情才会交换回来！"

洛鼎脸红了。

我哈哈大笑，原来，是他对我动情了。

仙娥这个时候又补充了一句："是双方都动情才可以。"

这次换我脸红了。

6.

一个月后，洛鼎殿娶亲，新娘是个杀猪的。

我爹怒宰三十只猪办婚宴，含泪把我送上了轿子，顺便还没收了我的屠猪刀。

"新娘子不玩这些。"我爹老泪纵横。

"好吧，爹。"

婚礼现场，大家都称赞这月老的红绳太神了，这都能成。

只有赶来的月老一脸蒙。

"我去旅游之前就把红绳解开了啊，你们怎么结婚了？"

我："……"

洛鼎："……"

谁知道呢？或许这份姻缘还真的就是天注定的吧。

TIAN TING SHENG YI

天庭生意

08

1

我在天庭坑蒙拐骗，卖能长高的神药。

一时间人气爆满，各路神仙都拿着自家宝物来和我换。

但是没人知道，那就是矿泉水兑糖精罢了。

其实，我是个小职工，至于为啥在天庭卖假药嘛……

这事，说来话长。

2.

如果要不是我意外地租了个小阁楼，意外地开始打扫卫生，又意外发现了一个小门并钻了进去，那我就不会知道，这天庭和人间的通道，竟然就在我家。

不光如此，我还发现了很多秘密。

例如在人间，天庭那可是个魔幻的地方，传说里头住的是神仙，无所不能的那种。

但是在天庭，人间也是了不得的地方。

这么说吧，我们人间经过无数次改革，已经进入科技时代了。但是天庭没有，那里还是几个老古董神仙，穿着古装遛鸟斗蛐蛐。

但是他们也有传说。在神仙的传说里，现在的人间可强了，天上飞的、水里游的全都有，而且，还能一秒钟让千里迢迢的人听到自己的话。

这可了不得了，天庭都计划组织观光团到人间旅游了。

至于我为什么开始卖假药嘛……

当时我踩着高跟鞋，实在太累了，就脱下鞋站了一会儿，喝了口水，然后穿上。

谁知道，这一切刚好被一个老神仙看到了，以为我这是什么神药，能一秒增高，死活要拿着他的神器铃铛和我换，不换就哭鼻子。

于是，我被迫把矿泉水换给了他。自此，我这个人间来的小丫头能卖神药的事就传开了，还有很多人来找我买东西，买的都是些人间最普通的玩意。

例如手机、奶茶、臭豆腐之类的，而我也有了不少新鲜玩意，什么会喷火的鸡蛋、能静音的权杖、能短暂飞行的云朵……

各取所需嘛，反正我不亏。

可是，问题很快就出现了，我这事传到慎行宫那位耳朵里了。

慎行宫里的韩仙人，听闻是天庭元老级人物，几万岁了，又古板又凶，很多小仙娥都被他训哭过。

忐忑的我，揣着忐忑的心，去了慎行宫。

但是见到那个韩仙人的时候，我直接傻了。

韩仙人？韩贤？

“老板？”

“小苏？”

我们两个人互相看着对方。

一阵尴尬。

谁能想到，这几万岁的老仙人，竟然长着一张小鲜肉的脸？

谁又能想到，这老仙人，就是我人间的新老板——韩贤？

前几天，作为小员工的我好不容易能参加一次员工代表大会，谁知道却一不小心睡过头了，横冲直撞跑到会议室，刚好把奶茶洒在了新老板身上。

所以，我对这位新老板印象格外深刻。

没想到，我们在这里再次遇见了。

“你为什么在这啊？老板。”我脑袋一抽，问出了这句话。

“这是我家。”韩贤嘴角抽搐。

“……”

就在我想着如何摆脱这个尴尬的局面时，更尴尬的事情出现了。

口袋里会喷火的鸡蛋突然掉了出来，下一秒，火焰喷出……

然后，整个慎行宫，就这样被烧了个干净。

看着眼前的惨状，我嘴角抽搐，然后拿出手机，发了个朋友圈。

请问，第一次见面浇老板一身奶茶，第二次见面把老板房子烧了，还有救吗？

答案都是……建议换个城市生活吧。

3.

为了赎罪，我白天打工，晚上去天庭悄悄帮老板修房子，想着能在老板回天庭之前把房子完全修好。

谁知道，快要完工的那天老板来了。

韩贤：“你在干吗？”

“还差一点完工。老板，我可是完完全全自己修的，怎么样？累死累活一个月呢。”

可是我话音未落，就见韩贤一挥手。

一秒钟，房子恢复原样了。

我：“……”

没人告诉我神仙可以用法术修房子啊！那我忙活了一个月，到底是在干什么？

“你是指这样修？”老板挑眉。

“老板，我先走了。”垂头丧气的我差点想不开自杀。

“怎么看起来有些不高兴？”韩贤皱着眉头，很认真地问。

我一脸无语。

我能开心吗？

辛苦修了一个月的房子，差点完工，结果发现这是人家一挥手就能办成的事，我还当成个惊喜。

算了算了。

人和神仙嘛，注定不能归为一类。

4.

老板找我了，本以为是要辞退我，没想到，是让我帮忙。

“手机号是什么东西？今天有个人要我的手机号。”韩贤一脸认真，这句话和他那张年轻貌美的脸真是冲突。

“手机啊，老板你连这个也不知道？”

“我刚来人间一个月而已，怎么能知道？”韩贤有些无辜。

“一个月？你就做到老板了？”

“很难吗？”

“……”

当我没问。

我花了一整个晚上给老板介绍人间的智能手机，也听他讲了不少天庭的事情。

原来，他之所以来人间，是身负使命的。

天庭的那些老古董也觉得自己过于落后了，这才派出韩仙人这个代表来人间学习技术。

而他嘛，确实是几万岁了，但是一直保持容貌的原因是无意中偷吃了太上老君的仙丹，想老也老不了。

韩贤一脸慈母样地看着我："我像你这么大的时候，也是年少轻狂。"

"……"

他彻底没救了，说话办事都像个老爷爷。

第二天，我想去检查一下韩贤学用手机学得怎么样了。

没想到一进门就呆在了原地。

只见办公桌上摆满了各种各样的零件，韩贤坐在椅子上，手里拿着……自制的手机。

"老板，教你玩手机，没让你造手机啊！"

"……"

为此我特意带着韩贤去了手机店，苦口婆心地告诉他，手机这些东西都是有人生产的，而我们需要做的，就是花钱买就行了。

"那，钱是什么？"

"钱就是开心，就是快乐。"

我拿出一张钞票给他看，然后买了个棉花糖塞进他的嘴里。

"快乐吧？"

他看着我："蛮快乐。"

"大事不好了，老板不发工资了。"

一大早，我们兴致勃勃拿着工资卡去财务那领工资的时候，才发现财务办公室里堆满了棉花糖。

韩贤还在一旁笑："快乐就是钱，钱能换棉花糖，那为什么不直接给你们棉花糖呢？"

接下来，我又花费了半个小时，给韩贤讲解什么叫作经济。

6.

其实，认识一个神仙老板也没什么不好。

例如我想偷懒的时候就跑去他的办公室，美其名曰教他用电脑，就能“摸鱼”一下午。

例如我晚上去天庭卖假药的时候更顺利了，因为多了个托儿。

在他的帮助下，现在太上老君对我的假药深信不疑了。

我在天庭的地位也有明显提升。

神仙们看到我都恭恭敬敬了，因为我的靠山可是韩贤——天庭里脾气第一古怪的仙人。

不过，最近有些不对劲。

这韩贤总是躲着我，就算去办公室找他，都找不到。

为此我特意去问了太上老君：“韩贤最近有些奇怪啊！”

“怎么奇怪？”太上老君一边熬药一边思索，“突然想起来，确实有些奇怪。他还问我，要怎么追女孩子？”

“啊？”

“都几万岁了，追什么啊？这天上的小姑娘，哪个不是对他垂涎三尺？我就说，那你欲擒故纵吧。”

难道这就是老板躲着我的原因？

7.

晚上，我翻来覆去睡不着，结果听到了韩贤的声音。

“过来一趟，有惊喜给你。”

声音是从那块石头里面传来的。

对了，韩贤给了我一块石头，能隔空听到他声音的那种仙石，听说是借鉴手机的经验创造出来的。

我连忙收拾了一下上天庭。

结果看到韩贤，又目瞪口呆。

他站在一片废墟前，一脸期待："惊喜。"

天哪！我造了什么孽，要一片废墟做惊喜？

"你上次修房子的时候不是很开心嘛，我一下子修好了你还失望，你不喜欢搭房子？"

我竟无言以对。

"还有，我发现太上老君说的欲擒故纵没有用，还是二郎神说得对，要讨好。"

"什么？"不知道为什么，我的心跳得更厉害了。

韩贤从背后拿出了一个棉花糖。

"你到底想说什么？"

"快乐对于你来说是棉花糖，对于我来说是……"

就在我期待他继续说的时候。

一群仙人突然从柱子后面挤了出来，为首的正是太上老君。

"我就说他今晚要告白吧。"

"怎么都挤出来了？哎哟，被发现了！"二郎神一脸尴尬。

"……"

多亏了他们，不然告白就继续进行了。

8.

后来的后来，我才知道。

韩贤去人间的第一目的，其实是找个人间老婆，这样就能引进技术促进发展。

但是他偏说人间的姑娘没有让他心动的，这才在人间当老板，准备自己学习技术。

直到那天，韩贤突然闯入太上老君的房间。

“今天有个女孩子把奶茶泼在我身上了。”

“你的衣服湿了？”

“不，我心动了！”

再然后嘛……

神仙们连夜在我的房间建了个人间与天庭的通道，还假装傻乎乎地买我的假药。

也难怪，他们喝了矿泉水没长高不找我算账的吗？

因为只有这样，我才能天天来天庭嘛。

WU LIN MENG ZHU

武林盟主

09

1.

江湖上有人在说，武林盟主好像是个傻子。

没错，我证明，这是真的。

江湖上还在说，武林盟主丑陋无比还格外暴虐。

我看了一眼旁边正在逗鹦鹉的美男子，撇了下嘴。

假的，谣言。

“小丸子，快来陪我睡觉。”盟主站在鸟笼旁边张开双臂，像个孩子，一脸可怜兮兮地看着我。

“来了来了。”我挂上笑容，像个八十岁的慈母，把他哄上了床，又唱起儿歌。

其实，我年芳十八，是个标准的小美人，才不是什么伺候盟主的老妈子。我之所以在盟主身边伺候着嘛……这事解释起来很复杂。

2.

我叫赵丸轻，是个被遗弃在寺庙的普通孤儿，但又不是那么普通，因为，我有过目不忘的能力。

从小到大，任何经书在我面前翻一遍，我就能记住上面所有的字符，并能闭上眼睛回忆着写下来。

我并不识字，只是照着记忆像画画一样画下来。

因为这个特殊的技能，我被天地帮的人盯上了，并被委以重任送到了武林盟主身边。

“你的任务就是去到武林盟主身边，找到武林秘籍，然后背下来上面的招式。秘籍一共三本，一本都不能少。这件事要做得干干净净，不能被任何人发现。”

天地帮的人戴着面罩，八个男子汉把我一个弱女子围住。

“那我有什么好处？”

“条件任你提。我们是天下第一帮派，没有什么要求是满足不了的。”为首的面具人说话很豪爽。

“那……”我很激动，“我要三十只叫花鸡！”

面具人：“……”

“怎么了？难道吓着你们了？二十只也行。”

“……”

就这样，我被送到了武林盟主身边。只是没想到，我的身份竟然是盟主夫人。

听说这盟主小时候订了娃娃亲，但是真正的娃娃亲对象跟着情夫私奔了，天地帮的人就来了个偷梁换柱，把我塞进了花轿。

嫁人的那天，和我拜天地的盟主英俊潇洒，气宇不凡，简直就是梦中情人的级别。

但是婚礼结束，新郎却当着我的面摘下了人皮面罩，露出了另外一张脸。这张脸虽说不如之前那张俊美，却有种刚正不阿的感觉，一看就是个硬汉。

“你你你……你不是武林盟主？”我捂着自己的嘴巴，生怕发出太大的声音，被杀人灭口。

“我是盟主的随从影卫，叫石，你可以叫我石先生。”那人看着我吃惊的样子，憨笑。

听到他不是什么谋杀盟主的人，我也挺直腰板，说话有底气了一些："那……你怎么代替我夫君拜堂啊？"

"这事……说来话长。"

然后我才得知，这盟主，竟然是个傻子。

石先生说，盟主小时候是很聪明的，但是前些年摔坏了脑子，变成了这样。一下子，盟里的所有重担都落到了盟主身边几个人身上。

他们瞒着外界这件事，帮着运营盟里面的事情，必要的时候就戴着人皮面罩出场。

"那……你的意思是，我夫君是个傻子！"我吃惊不已。

那这岂不是让我执行任务的难度直接下降到了最低？得来全不费工夫啊，二十只叫花鸡有着落了。

"这件事除了你，不会有其他人知道。你也可以选择离开，但是外面布满了我的影卫，你一旦出去就会死无葬身之地，明日我也会对外宣布，新娘死于意外。"石先生冷冰冰地看着我。

"我……我当然是选择待在盟主身边啦。"

难不成还有第二个选择？

"好的。"

3.

接下来我就待在盟主身边照顾他了。

盟主虽说是个傻子，但是眉清目秀，十分养眼，而且格外善良，对我说话也很温柔。

我也套过他的话，但是好像并没有问出什么。

"盟主啊，你说你有没有什么秘籍之类的啊？就是那种武功秘籍，给我看看？”

“有！”

盟主兴高采烈地跑去书架，然后给我拿了一本——《如何养好鹦鹉》。

好吧，我就不该指望一个傻子还记得武林秘籍在哪。

我清楚，接下来这二十只叫花鸡，得全靠我自己了。

所以，我就只能晚上照顾他，白天悄悄在府上四处溜达，希望能误打误撞打开个密室什么的。

别说，还真让我打开了个密室，不过里面倒没有什么书，反而都是一些乱七八糟的药品，看起来应该有段时间没有使用过了。

晚上的时候，我回到盟主的屋里，结果发现盟主不见了，不光如此，连鹦鹉都不见了。

这下可把我吓坏了，要知道，如果盟主丢了，那石先生不得把我处死？

怀着忐忑不安的心情，我四处寻找。

好在路过大堂的时候，我看到了坐在里面的盟主，只不过盟主旁边还坐着一群元老。

他们好像在商量什么事情，而盟主则坐在那里一动不动，也不说话，眼睛不安地四处看着。

石先生站在他旁边，一只手扶住他的肩膀，也显得格外紧张。

这一看就知道，盟主被迫在众人面前露面，石先生很怕露馅，只能让盟主不要说话。

其中一个元老看着盟主：“盟主啊，我们的秘籍一定要放好。近日武林动荡，当初老盟主临死前交代，无论如何都得把武林安定下来，除去那些奸邪。现如今您几年没有动静，我们不求您能治理好武林，只求不要出差错就好。”

这老家伙说话可真是不好听，但是盟主是个傻子，并不知道这话的意思，还乐呵呵地笑着。

突然，盟主和我的视线来了个空中对视，顿时一种大事不妙的感觉涌上我的心头，果不其然，下一秒……

“小丸子！小丸子要抱抱……”盟主突然站起身朝着我这边跑来，然后在众目睽睽之下抱住了我。

我……僵化了。

“这……”旁边的元老们是一脸的不知所措。

石先生见状连忙解释：“对不住各位，我们盟主是太宠夫人了，所以才……今天就到此为止吧，我来送各位出府。”

我也很识趣地拉着盟主到旁边拐角的位置，把路让了出来。

等到众人散去，我这才知道晚上到底发生了什么。

原来元老们突然求见，碰巧这时石先生的人皮面罩丢失了，所以只能让盟主亲自出马。

那人皮面罩是用特殊工艺制成的，价值连城，而且做一个需要一个月的时间，面罩上皮肤的纹路是完全仿照盟主的脸制成的，一米外根本看不出端倪。这一丢失，是个大麻烦。

“我可能需要去城外一趟，再次定制人皮面罩。这些日子得麻烦姑娘照看我们盟主。”石先生对着我说。

“我尽量让盟主不出门就行了，对吧？”实话说我也是有点慌张的，万一搞砸了就不好了。

“对的。”

石先生看着小门，说了句："车马已经备好，我去去就回。"

随后他从小门离去。

我看着石先生的背影，总感觉有一丝熟悉，却又想不起来是在哪里见过。

"小丸子，小丸子，看月亮。"盟主又抱住我了。

"好好好，看月亮。"我只能哄着。

4.

这些天我一直照顾着盟主，每次等他睡着后，才能精疲力竭地回到房间。

"真的好累啊。"

我敲着肩膀，刚刚换了睡觉的衣裳，还没来得及躺到床上，身后就传来了开门的声音。

"啊！"我下意识护住自己，转身一看，竟然是盟主。

"你你你……男女授受不亲，你出去！"

"可是小丸子是我的娘子，小丸子是我的娘子！"盟主跑过来，抱住我蹭了蹭。

"好了，快回你自己房里睡觉。"我叹气，只能安慰他。

其实盟主对我很好，任何好吃的都第一时间给我，连自己最喜欢的鹦鹉都让我碰，还说要当作生辰礼物送给我。

"我要送给娘子一个东西。"盟主突然从衣袖里拿出了几本书，递到我的手上。

下一秒，我愣在了原地，因为那书是——《武林秘籍》！而且是整整三本。

“娘子想要，娘子想要。”盟主笑着，傻乎乎的。

“这……”

我连忙把房门关好，确定外面没有人，才翻开一页页查看。

短短两个时辰，我就把三本书全部记下，然后闭上眼睛过了一遍，这才把武林秘籍还给盟主。

“今晚的事情，我们要保密哦。”我交代。

“好，保密。”盟主跟着我一起做出了噤声的动作。

深夜，我把他哄睡后，蹑手蹑脚地从府里溜出来，跑到了和黑衣面具人约定好的地方。

然后我默默按照记忆把书写好，又压在石头下，这才回去。

这是我们约定好的，我一旦看到了秘籍，就来这里写下，每日早晨都会有人过来查看。

回到府上已经天亮，我推开房门，果然盟主还在睡梦中。

我进去的声音惊扰了他，他睁开了眼睛。

“娘子，昨晚秘籍不要给别人说哦。如果说了，我就会被……被坏人杀死，然后他们做盟主，我就没钱养娘子了。”盟主突然说了这么一句话。

“不……不会的。”我看着他，有些愣神。

那些天地帮的人，真的是好人吗？

一瞬间，我动摇了，然后下意识转身，朝着外面跑去。

“娘子，你去干吗？”

“盟主，你等我一会儿，我回来给你带糖葫芦吃。”

我不能让盟主被别人欺负，那叫花鸡不要就不要了吧。

一路上，我完全是在飞奔，但是等到了那个地方，还是晚了一步，一个黑衣面具人已经蹲在石头前查看了，眼看就要拿到秘籍。

我一个飞跃，直接踢在了他的后背。

因为那面具人是蹲着的姿势，所以重心不稳倒在了地上，因为撞击，面具也掉了。

下一秒，看着那张脸，我愣住了。

面具人竟然是石先生。

我终于想起来为什么看石先生的背影眼熟了，他分明就是天地帮八个面具人当中的一个！

“你！石先生，竟然是你！”我看着他。

石先生冷哼了一声：“你有没有想过，背叛天地帮是什么下场？”

虽然害怕，但是我还是蹲下身把石头下面的秘籍拿出来，塞进了自己的衣服里：“我知道，但是我不能背叛盟主，他那么单纯，那么信任我。”

“你们盟主可是要灭了我们天地帮的，要不是被我们提前发现，然后我去给他下药，控制住了局势，天地帮早就消失了！现在拿到秘籍，武林就是我们的了。”石先生笑得阴森，和第一次见面时完全判若两人。

所以，当初我发现的那个密室，就是他的？那盟主之所以变傻，也是因为他？

我后退了两步，不知道这个心狠手辣的人会对我做些什么。

接下来，他慢慢走近，扬起拳头。

我闭上眼睛，另一只手牢牢护住胸前的秘籍。

“住手！”

“啊……”

没有想象中的重击，我反而听到了石先生的惨叫。睁开眼，我看到盟主站在我身前。

“盟主？”

他转过身，笑着看向我：“真傻，你给他就是了，为了我值得吗？”

“不……不能给他。”我拿着秘籍，递给了盟主。

没想到盟主接过，却直接扔给了石先生。

石先生躺在地上口吐鲜血，拿到秘籍连忙打开，但是表情却由欣喜变成仇恨：“这都是一些什么东西！”

“我写给娘子的情书啊，你不是想看吗？”盟主勾起嘴角。

“情书？”我也纳闷，那不是武林秘籍吗？

我的记忆不会出错。

“当然是调包了，不然他怎么会露出狐狸尾巴呢？这条长线，总算钓到了天地帮这条大鱼。”盟主拍手，下一秒一群影卫出现，把四周围住。

“当初我得知天地帮无恶不作，所以打算铲除，但是迟迟找不到他们犯罪的证据。于是只能将计就计，假装没有看穿石的身份，假装被他下毒，装了几年傻子，实际上暗中调查他们的罪行。现在天地帮更是罪加一等，试图偷窃武林秘籍，可以直接定成死罪了。”盟主笑着。

“那……那你一直都是装的？”我又欣喜，又有些怨气。

亏着我还天天哄他睡觉。

“儿歌唱得不错，为夫很喜欢。”这句话是盟主低下头对着我说的，声音很小，旁边的影卫听不到。

“如果偷窃秘籍是死罪，那我岂不是也是死罪？”我突然想到，皱眉。

“不，你没关系。”

“为什么啊？”

“因为你是盟主夫人。”

5.

听说，盟主的傻病治好了。不光治好了，盟主还一口气灭了好几个无良帮派，据说都是趁盟主得病期间图谋不轨的。

有人猜，盟主装病，就是为了引蛇出洞。

但是真假却无从考证。

但盟主的生活水平直线上升是大家有目共睹的。

这个嘛，体现在——

短短两年，盟主府上抱了两个大胖小子。

“夫人，您有喜啦！”

“不……不是吧……”

VOL.02

今来

JIN LAI

HUA HE YU

花和鱼

01

1.

两个病人上车的时候，车子明显晃动了几下，我向后看去，是两个穿着病号服的大胖子。

一个虎背熊腰，很壮。

一个虽然矮但是有个圆滚滚的啤酒肚。

一上车，络腮胡就跑到角落里蹲着。

护送他们来的医生告诉我，他觉得自己是一朵花，所以每次到一个新的地方总是蹲在角落里。

我开玩笑说：“那如果不浇水，他会干死吗？”

“会。”

络腮胡冷不防地回了这么一句。

“哟，花还会说话呢？”我开玩笑地回复，可是车上并没有人笑。

医生交代了一下，转身走回精神病院。

我开动车子。

不知道怎么回事，今天的路好像有点黑。

这路我应该走过好多遍了，这会儿看起来却不怎么熟悉。

2.

我在精神病院工作，倒不是医生，而是个司机。

我的工作内容很简单，就是平时运送一些需要转移的精神病人，保证他们的安全。

实话讲，精神病患者并没有大家想的那么可怕，有时候我还觉得他们蛮可爱的。

例如我运送过两个觉得自己是不倒翁的病人，他们全程都在车厢里晃来晃去，还让我开慢点，不然不倒翁就要倒了。

对了，我开的车是个小货车，后面空间很大，病人可以坐在后面。驾驶室和车厢中间的挡板是透明的，我也能陪着他们讲话。

当然，我称赞的可爱，指是大部分，不是全部。

今天的这两个病人，实在让我想不到“可爱”这个词，只想尽快送他们到地方，然后安全回家，陪我的老婆和孩子们。

到了一个十字路口等红绿灯的时候，后面的那个认为自己是花的络腮胡突然讲话了：“我是花，我老婆也是花，我们一家都是花。”

我打趣道：“那你是什么花啊？”

“我是食人花，我老婆是昙花。”

我又笑了：“昙花好看啊，但是昙花花开就一瞬，花期很短的，这能证明你老婆不是昙花了吧？”

然而，他接下来的一句话，让我愣住了。

他说：“对啊，昙花只能开一瞬，她却活了那么久，真不符合自然逻辑，大自然会生气的，所以我只能帮她结束花期了。”

接下来，他讲了一个故事。

3.

男人是个司机，为了攒首付买房娶老婆，辛辛苦苦打工好久，最后买了一个小房子，夫妻俩住了进去。

然而就在新婚之夜，男人却发现妻子怀孕了，而自己在此之前根本没有和她发生过关系。

他慌了，当天晚上跑了出去。

可是那晚，慌不择路的他被一群小青年抢走了钱包和手机，并被逼问出银行卡密码，存在银行卡上的十万块钱家底瞬间被转了个干净。

男人去报警，可是人家却说他没有证据。

妻子的肚子一天天大起来，终于在十个月之后生下了三胞胎。

男人看着孩子，旁边却传来了亲戚的声音："瞧这孩子长得像花一样，真好看，幸好不随爸爸，随妈妈。"

话音未落，男人发疯一样掐住亲戚："我是花！我老婆也是花！"

当天晚上，老婆回到家就看到了蹲在沙发旁的男人，他嘴里一直念叨着："我是花……"

老婆走上去："你是花，我还是花呢！发什么疯？窝囊废！"

"你是什么花？"男人问。

"我是昙花，最好看的那种，满意了？"老婆只当他发酒疯，没有在意。

"昙花……昙花……"

男人笑了。

昙花得是开一瞬才行，那她违背了自然规律啊。

他得帮着解决才行……

听到这，我打了个冷战："你……你帮她结束花期了？"

"对啊，花期结束了，就得消失才行。"

"那……那你老婆，哦，不，花枯萎的枝叶呢？"我有些发抖。

"我都说了，我是食人花。食人花你知道吗？"

他舔了一下嘴巴。

我的手心出汗了。

这个时候，那个啤酒肚也开口了。

“我是鱼，嘿嘿，我的儿子也是鱼，没水，会死。”

我看向他，他坐在座位上，把矿泉水浇在了自己身上。

他讲了第二个故事。

4.

男人三十岁那年，独自一人抚养孩子们，送他们上学。七岁的孩子们刚刚上小学，正是调皮的时候。

他一个人在外，为孩子们的学费操碎了心，每天都打工到凌晨。

为了应酬，他几乎每晚都在陪客户吃饭喝酒，而回到家里，每次都是醉醺醺的。

中秋那晚，孩子们突然变得乖巧了。男人一进门，他们就送上了切好的果盘。

就在男人感到欣慰的时候，孩子却开口道：“爸爸，我们和同学吵架了，还打了起来，他现在在医院。”

男人愣了，他知道那个同学的爸爸就是自己最重要的客户，得罪了对方，他的事业就毁了。

他发疯一样摔东西，他在外面欠了很多钱，根本赔不起医药费。

孩子们害怕极了：“别的同学都说我们有娘生没娘养，都说你是个泡在酒里的醉鱼！”

“我是鱼……那你们也是……你们也是……”男人抱着头，随后站起身朝着水池走去。

他把头伸进水里，不断地吐着泡泡。

他第一次觉得，这么舒服。

是啊，他就是鱼。

那他的孩子也是小鱼。

“然……然后呢？”我不敢接着听下去了，只能打断了他的讲述。

“鱼当然得待在水里了。不过他们好像不怎么喜欢水，那不行，鱼都得喜欢水才行，每一刻都得在水里。”

我沉默了。

5.

我决定改变路线，直接开去警察局，因为我觉得这两个精神病人犯罪了。

一路加速，最终我停在了警察局门前。

“快来！这里有人犯罪了！一个以为自己是花，伤害了妻子；一个觉得自己是鱼，又对孩子们动了手脚！”

警察朝着我们走来。

就在我以为他们要被捉拿归案的时候，身后的两个胖子突然站起身。

他们没有了刚才的痴傻模样，反而盯着我，格外瘆人。

“你想起来了吗？你这个变态。”啤酒肚这么说。

我的脑袋一阵疼痛。

不是，他们才是变态……

警察走来，我刚想让他们去控制住这两个变态，谁知道……

手铐，却铐在了我的手上……

6.

“我市一宗连环案件的犯罪嫌疑人已经被关押了十天。六年前嫌疑人的妻子莫名失踪，六年后，也就是今年，嫌疑人的三个孩子无辜溺死在浴缸里。警方调查得知，嫌疑人患有严重的精神病，以为自己是花和鱼，在不同时间发病杀害妻儿……

“为侦破这件案子，警方不惜伪装成精神病人进行试探，刺激其想起犯罪经过。嫌疑人选择性遗忘，自我麻痹，犯罪后还在正常生活……

“犯罪嫌疑人，男，三十岁，职业是运送精神病人的司机……”

DUI MIAN DE NV HAI

对面的女孩

02

1.

我觉得，对面楼层的女孩暗恋我。

这话并不是凭空捏造。

我有很多证据。

例如，每次晚上回来，我总能看到她悄悄尾随我。

例如，在饭店吃饭的时候，她总会坐在隔壁桌子观察我。

例如，无论我什么时候看向那扇窗户，总能看到她站在窗户前直勾勾地看着我。

我是个外科医生，毕业于名校，现在在市里最好的医院工作。但是最近因为一件事我心力交瘁，只能请假在家休息。

我烦心的原因，是我的弟弟。

弟弟和我是双胞胎，前几天从老家过来找我，带着一屁股债。

我不懂，为什么同样的教育，同样的样貌，他却活得像寄生虫。

其实，样貌也不是太一样。

弟弟快要高考时被烧红的煤炭烫到，脸上留了很大一块疤，从此看人都低着头，很自卑。

弟弟被烫伤的事，对我而言有好处也有坏处。

好处就是再也不会有亲戚问我“谁是哥哥谁是弟弟”这个无聊的问题了。

坏处就是，我每天都要面对一张狰狞的脸，有时候晚上还会做噩梦。

所以，我离开了村子，来大城市上学。

说起来很幸运，我本来离分数线差一分，但弟弟考上了。

我和爸妈一致认为，他顶着这张脸和这个性格去大城市注定会受欺负，而我一向健谈又开朗，这个机会，应该给我。

于是，我代替他去上了大学。

这没什么，因为拍毕业照片时弟弟还没被烫伤，所以照片上我们长得一模一样，我只需要改个名字就好了。

可能就是因为这件事，让他觉得我很亏欠他。

确实，我亏欠他，所以每次他来找我要钱，我都毫不吝啬地给他。

可这次不一样，他竟然想要成为医生。

他说自己读了很多医学书，能够给人看病，想要有个稳定的可以糊口的工作。

书？

那些农村市集上十块钱一本的盗版印刷书吗？

我拒绝了。

但他阴魂不散，搞得我必须休假。

在家的这几天，我也头疼。

头疼的是对面那个女孩。

最近她对我的痴迷程度越来越深了，已经不分昼夜地站在窗户旁边看着我了。

或许这就是优秀的代价。

2.

论坛上的一篇文火了。

是一篇以第一人称讲述的诡异故事。

外科医生、休假、双胞胎……

这一切，无论怎么听，都很像我的邻居写的。

而我之所以认为这故事的创作者就是我的邻居，是因为我们见过几次面。我听他说过自己是个外科医生，且经常被寄生虫双胞胎弟弟纠缠。

而且，最近他刚好在休假。

想到这里，我拿着一瓶酒，想去安慰一下我这个可怜的邻居。

咚咚咚！

“谁啊？”

“你邻居，来做做客，拿了好酒。”

门打开，我走进他的房间，一股怪味袭来，但我没在意。

他开完门后背对着我走向厨房：“正好我刚切了水果，可以给你端上来。”

我笑了笑。

看着他的背影，那篇论坛上的文字又映入我的脑海。

我下意识看向那扇窗户。

从这看向窗外确实能看到对面楼层的室内，然而下一秒，我愣在了原地。

这……

哪里是女孩盯着他看？那分明就是一具僵硬的尸体，正瞪着眼睛、面目惨白地吊在那里！

恐惧让我的双腿发软，我险些没有站稳。

转头的时候，我刚好看到端着水果走过来的邻居。

“来吃吧。”

我双手颤抖。

这次不是因为那个女孩，而是因为……邻居的脸上，不知道什么时候有了一大块伤疤！

“你……你是弟弟……”

我下意识后退，却不小心踢到了窗帘后面的袋子。

袋子散开，露出一张熟悉的脸。

是邻居的尸体。

而刚开始进门来闻到的那个怪味是……

我瞬间明白了一切。

而桌子上的照片更是证实了我的猜想。

照片上，是邻居和对面那个女孩的合照，上面还写着“love一周年”。

跟踪、偷窥、尾随……

那也许是女孩发现男朋友失踪，在调查……

还没等我反应过来，那男人好像疯了一样朝我扑来。

“不，我就是哥哥，我就是！”

我下意识闪开，他直接一头撞上了窗户，缓缓倒下了。

闭眼前，他还在念叨。

“我就是哥哥，我要做医生，我要吃饭……”

MENG

梦

03

1.

我最近的梦境很奇怪。梦里，我一直在和我老板谈恋爱。

而且，还是连续的那种，每天晚上我都会梦到。

每次醒来之后我才会意识到，这是个不着边际的梦。毕竟，我俩连正面都没见过一次。

但……老板突然发动全公司的人，找一个叫“依依”的女人，这是怎么回事?

我……就叫依依啊。

2.

我叫依依，是一个名副其实的打工仔，每天坐在电脑面前设计产品封面，一不留神还得被上司批。我的老板叫齐皃东，帅气多金，算得上是公司里的传说，所以我多多少少也听过他的“迷妹”讨论他的八卦。

听说，老板是个工作狂，而且有重度洁癖。但这些小缺点在他的优点面前简直不值一提。

这么说吧，他生来就是含着金汤匙的，又比别人更有商业天赋，回国短短几年，就活成神话了。

我这一个月拿着几千块工资的上班族，和他是完全没法比的。

最让人感叹命运不公的，还是他的外貌。

从他的“迷妹”遍布公司，就能看出来了。

上次公司大会，我差点以为是选美比赛，对于这个唯一一次能见到老板的机会，大家都铆足了劲，恨不得个个穿晚礼服上阵。

我和老板的唯一一次交集，也就只有上次大会上我远远地看他那一眼了。

但没想到，我们却因为一个梦，正式见面了。

“你就是依依？”齐兒东坐在办公室的椅子上，看着我。

我紧张地咽了一下口水。

“是的，老板。”

实话说，近距离看，老板更帅了。

但是我还是不明白，老板为什么发动全公司找我。

直到……

齐兒东：“你学过巫术吗？”

我：“什么？”

齐兒东：“或者……你会下蛊？”

我：“啊？”

齐兒东：“那……”

我觉得，再让他猜测下去，我就连人类也不是了。

“老板，你有啥想说的，不如直接说吧。”

“我知道，公司里喜欢我的人不在少数，但是我明确地告诉你，我不想谈恋爱，所以……”齐兒东又说了一通我听不懂的话。

“你到底什么意思？老板。”我急了。

“不管你是用什么方法让我一直梦到你的，现在立刻停止。”齐兒东咳嗽了一下，说了这句话。

我恍然大悟。

原来，做梦的不只我一个！

这个恋爱梦，竟然是双向的。

这就更奇怪了。

要是说因为我白天总是听到关于老板的传说，晚上潜意识里犯犯花痴，还稍微可以解释得通。

那老板是什么情况？他连我的人都没见过，就能梦到我？

“昨晚你梦到我们去哪里约会了？”我对于老板的说法将信将疑。

“游乐园。”我俩异口同声。

“……”

这下，情况复杂了。

接下来的半个小时，我们俩核对了一下最近的几个梦，发现竟然都是一样的。

我又解释了一大通，才勉强让老板相信我并不是什么巫女。

“老板，没什么事情我就先走了，我还有好几张设计图没有做完。”办公室里面的气氛有点尴尬，我见状连忙找了个借口，准备开溜。

“忘记告诉你了，三个小时之前，我已经让人事把你的岗位换成了我的秘书。”

“……”

“在找到原因之前，你待在我身边，月薪两万，不合适再告诉我。”齐兒东一边整理文件，一边说着。

我差点一口口水呛死我自己。

两万？！

“不够吗？三万？”

“够够够！”我狠狠掐了下自己，确定不是梦，连忙答应。

毕竟这么高端的总裁，脑子抽筋的时候不多，我得抓住机会。

回去办公室收拾东西的时候，一群同事围过来。显然，消息灵通的他们早就听说了这一切。

“你是不是救了齐总的命啊？”

“还是，有什么身世之谜？”

我：“……”

不是我不满足他们的八卦心理，而是我总不能告诉他们，我是因为天天在梦里和齐总谈恋爱，才被他注意到的吧？

3.

齐总的办公室不算大，他也不怎么爱说话，所以这就导致我们每天待在同一个房间里，格外尴尬。

中午我拿出自己的饭盒，在角落里默默吃着。

突然齐皃东好像瞥了我一眼，我立刻意识到，他到现在还没吃饭呢。

虽说第一次正式见面不算愉快，但是好歹他也是我的顶头上司。上班第一天，上司没饭吃，我这个手下肯定不能独享美食。

于是，我慷慨地把另外一个饭盒放在了齐皃东的面前。要知道，里面装的可是满满的红烧肉，我自己都没舍得吃一块。

“老板，都忙一上午了，这是我做的红烧肉，要不您尝尝？”我把饭盒打开，放在桌子上。

齐皃东看了我一眼，下一秒尴尬的事情发生了。

办公室的门被敲响，随后进来的是三个穿着西装的男人。他们一人拎了一个饭盒，其中一个男人在办公桌上铺了一层桌纸。

然后，几个人打开饭盒。

看着里面的山珍海味，又看了一下旁边小饭盒里烟了的红烧肉，我尴尬得差点就地钻洞。

突然，我想起了之前刘姐聊八卦的时候说的话："这齐总口味特别挑，在公司吃的饭都是从家里送来的，好像有好几个厨师专门负责他的饮食。"

我怎么能把这茬给忘记了？

"我……记得你挺喜欢吃红烧肉来着。"我讲了这么一句让自己更尴尬的话，又补充了一句，"在梦里。"

毕竟还是在梦里谈了半个多月的恋爱，我记得有好几个场景，都是我端着红烧肉去给他送饭。

"我的梦也有吃红烧肉的情节。"一上午没说话的齐皃东总算开口了。

"是吗？"

"对，梦里我不爱吃红烧肉，但是为了迎合你，故意装作很爱吃的样子。"

"……"

这个齐皃东，真是一点浪漫细胞都没有啊，就连梦里的浪漫都被他戳破了。

于是，我只能端着自己的红烧肉，默默退回小角落吃饭。

"那你刚才一直瞥我干吗？我还以为你也想吃红烧肉。"我小声嘟囔了一句。

没想到，这句话被齐皃东听到了。

"我是在好奇，为什么会有女孩子吃相这么难看。"

"什么？"

齐皃东笑了。

接连工作了几天，我算是彻底知道了齐皃东这个人有多无趣。

每天一到上班时间，他就准时坐在位子上开始办公，工作起来像是有使不完的劲。

我严重怀疑，他是充电运作的，不然为什么那么热爱工作，还冷血毒舌？

齐兒东：“你还吃红烧肉？女生不能太胖。”

我：“你在梦里明明说我胖胖的很可爱。”

齐兒东：“假的。”

我：“你！今晚在梦里我不给你送饭了！”

齐兒东：“你和我都控制不了梦。”

我：“那我今晚不睡觉了，我让你一个人谈恋爱去！”

齐兒东：“好，一言为定。”

斗嘴成了我们的日常。

白天是冤家，晚上却是情侣，我们都没办法改变梦里的一切。而在梦里，我确信我们是相爱的。

每次醒来，梦里的画面就涌入脑海，但是梦里的那个我，又意识不到自己是在做梦。

就好像，梦里和梦外是两个世界。

4.

“你说，会不会是平行世界？”我把我的想法告诉了齐兒东。

“你是指，在平行世界里你也只会做红烧肉？”

我：“……”

他又笑了。

“我告诉你，别小瞧我！明天我就做别的吃的！”我赌气。

但实际上，我确实只会做这么一道菜。

齐兒东看向我，刚想还嘴，却突然愣了一下，脸红了。

我也意识到了什么，闪躲开视线。

我们都知道，昨晚的梦里，我说了差不多意思的一句话：“明天给你做别的吃的，我才不是只会红烧肉呢。”

而且昨晚，我们还亲吻了。

所以……

齐兒东尴尬地咳嗽了一声，然后继续低头工作。

这个时候送饭的保镖刚好进门。

“来一起吃吧，天天吃红烧肉，你也不觉得腻。”齐兒东发话。

我自然也抵不过山珍海味的诱惑，直接坐下就开吃。

“真搞不懂，梦里的我为什么会那么喜欢吃相那么难看的女孩子，还觉得你很可爱。”

我撇了下嘴：“谁知道呢？梦里你还说，这辈子非我不娶呢。”

我看到，齐兒东又脸红了。

日子又过了几天，眼看着梦里的我们已经谈婚论嫁了，可现实中的我们还是对做梦的原因丝毫没有头绪。

有时候我甚至觉得，就继续看看梦里的他们会怎么发展，也挺好的。

当然，有时候也不好。

例如，有一次梦里的我们吵架了，很生气的那种。第二天，齐兒东就让我来来回回拿了十几次资料，明显就是蓄意报复。

“怎么了？拿资料而已啊，这不是秘书该做的嘛。”看他一脸得意的样子，我差点被气死。

但很快，我发现不对劲了。

梦里的我，生病了。

那是种没有见过的病，我头发大把掉落，经常间接性睡着，醒来却什么也不记得，甚至还有好几次错过了约会。

但是梦里的我一直都没有告诉齐兒东，两个人还因为忘记约会的事情吵了好几次架。

这几天，在办公室里我都魂不守舍，思索再三，还是告诉了齐兒东。

“这到底是什么病？”齐兒东也有些担心，但是我们查遍了资料，还是没有查出这是什么病。

梦还是朝着不好的方向发展了。

就在我们两个人订婚的当晚，家庭宴会结束，我提出了分手，只是说自己不爱了。

但是我却能清楚体会到梦里的我心里的那种感觉。

我不想让齐兒东知道自己生病，不想连累他，对于我来说，订婚了，婚纱也试过了，就等于嫁给他了。

我没有必要让他跟着自己一起受苦、花钱。

梦里的齐兒东并不知情，但现实中的他知道。只可惜，现实的思想是没办法与梦境同步的。

我们只能看着两个人就这么分开。

后来，梦里的我，在一场手术中去世了，可那手术却十分怪异——有很多穿着蓝色工作服的人围着我，他们不像医生，每个人都戴着防毒面具。

我的梦彻底结束了。自从梦里的我死去后，我就再也没有做过与齐兒东相关的梦。

而齐兒东就惨了。

“我每晚都能梦到我在痛苦，那种感觉太真实了，最可怕的是……”齐兒东看着我，迟迟不开口。

“怎么了。”

“梦里的我也开始掉头发、间接性沉睡、间接性失忆……”

我们都沉默了。

谁也不知道到底怎么回事，梦里的那个世界，太奇怪了。

5.

直到半个月后，梦里的齐皃东也死了，而且死前看到的画面，和我看到的一模一样。

这场怪异的梦彻底结束了。

但是，齐皃东好像没有让我回去继续画设计图的意思。

“我这里挺忙的，确实缺个助手，你就先留在这吧。”齐皃东装作不在意，但是我明显看到他瞥了我一眼。

“哦。”我抑制不住想要笑，“我怎么觉得不忙啊，你一个人完全能忙得过来，你不会是想继续吃我做的红烧肉吧？”

“才不是。”齐皃东嘴硬。

接下来的几天，是我这辈子最快乐的时间。

齐皃东天天送我回家，美其名曰顺路。

但是我每次都亲眼看着他开着豪车拐弯，原路返回。

豪宅大厨做的饭也变成了两份，因为我喜欢吃红烧肉，齐皃东还特意又雇了一位新大厨。

公司里关于“我是齐皃东的救命恩人”的传言也越来越多，甚至还说我是八辈子修来的福气。

没关系，反正我也觉得自己挺幸运的。

可是，我发现了一件事情。

我开始脱发了。

所有的症状，都和梦里一模一样。

包括齐皃东，他也是。

这次，我们的症状是同时出现的。

有时候我们早上刚到公司，就不知不觉睡着了，直到晚上才一起醒来，而这中间发生了什么，我们全部不知道。

我们查看监控，却只看到一群穿蓝色衣服的人把我们架走，又送回来。

太怪异了。

不管事实究竟是什么，我们准备逃。

我们想逃到一个没有人认识我们的地方，因为我们隐约意识到，那群蓝色衣服的人，就是这一切谜团的答案。但答案，可能并不会是好的。

周末，我们约好了在机场见面。

我还准备了很多饭盒，想着等到了国外，给齐兒东做饭，让他带去公司。

但我等了整整三小时，也没有见到他的身影。

我慌了，打车去了公司。

推开办公室的门，我只看到一群穿蓝色衣服的人在等我。

“我知道你会来的，0497号。”

那个人摘下防毒面具，竟然和我长得一模一样。

6.

你知道仿生人吗?

也就是机器人。

他们有完整的人类意识，和人类一模一样的躯体，甚至自己也认为，自己就是人类。

他们的诞生，源于雇主意识的复制，外貌也是一比一精仿。

很不幸，我和齐兒东，都是仿生人。

我们的诞生，是为了帮雇主完成烦琐的工作。也就是说，真正的依依，是面前这个女人。

而真正的齐兒东，还在国外没有回来。我认识的齐兒东，是被创造出来管理公司的。

我们都是工作型仿生人，我的编号是0497，他的编号是0409。

很奇怪吧？仿生人也会有情感。

这让人类感到害怕，所以，他们会销毁一切产生情感的仿生人。脱发、间接性失忆，只不过是因为，在这期间，我和齐兒东无数次被他们拉去实验室检验。

为什么一堆零件会产生感情呢？

人类想不通，所以决定毁掉。

这种情况不多见，几千个仿生人中间也只会有一个产生情感，所以他们宁愿多一事不如少一事。

至于我们为什么会做梦，也能解释得通了。

上辈子……

哦，不，我们第一次被生产出来的时候，相爱了，也就是梦里的一切。

但这件事被研究室发现了，所以他们决定摧毁我们。

可因为芯片造价过高，他们选择了清空内存，把我们的芯片重新利用了。

没想到，我和齐兒东还是相爱了。

我们凭借芯片的记忆，相识相知。

那些梦，不过是几年前的我和齐兒东罢了。

不，准确地说，是0497号和0409号仿生机器人。

我不敢相信这一切，任由他们把我放在车子上推走。

直到到了实验室，我才看到已经被关机清空记忆的齐兒东。他闭着眼睛，就好像睡着了一般，但是胸口上，连接着很多的电线。

“齐兒东，你失约了。不然，我们现在可能已经在海边看星星了。”说完这句话，我落泪了。

耳边传来不可思议的质疑声：“看到了吗？仿生人竟然流眼

泪了！”

我被几个人架着按在了手术台上，和梦里一样，一群穿蓝色衣服的人围了过来。

“我只想问一件事。”我开口，对着那个和我长得一模一样的人类女人。

“什么？”

“你在现实中，和齐兒东是什么关系？”

“敌人关系。我之所以制造你，就是为了打入他公司内部。还有什么要问的吗？”

我摇头，闭上眼睛。

“这次得彻底销毁芯片才行。”旁边是蓝衣人的声音。

他们有资格相爱，却要相杀。

好可惜。

要是我也是真正的人就好了。

那样，那半个月的日子，可能会持续　生。

齐兒东，你被销毁前，流泪了吗？

或许，依照你爱逞能的性格，你不会。

真可惜，我没办法继续和你斗嘴了。

BAI TUO QING JIE JUE LE WO

拜托，请解决了我

04

阿希最近遇到一件棘手的事情，非常棘手。

事情还得从三天前说起，那天她刚刚准备去市中心的某个小区勘察一下地形，还没来得及出门，就听到了敲门声。

来者是个高高瘦瘦的男人，戴着鸭舌帽。

男人来后的第一句话就是："雇你解决掉一个人多少钱？"

阿希倒是头一回见到这么开门见山的雇主，她把门一关，直接回答："市场价，最近促销，办会员买一送一。"

戴着鸭舌帽的男人坐到沙发上，接过阿希递过来的水杯，一口气喝了个干净，随后拍了两张银行卡在桌子上。

阿希拿起来看了两眼："解决掉谁？"

戴着鸭舌帽的男人："我自己。"

阿希："什么？"

戴着鸭舌帽的男人被赶出了门，关门的时候阿希还塞给他二十块钱，让他打车去医院看看病。

可是第二天戴着鸭舌帽的男人又找来了，这次还把价格提高了两倍。

做"猎人"这么多年，阿希真的是头一回听到这么奇怪的要求，也是头一次见到这么直白的雇主。

戴着鸭舌帽的男人说，他早就不想活了，可是无论怎么自杀都会失败，所以索性雇人办事，听说阿希办事从来不会有什么闪失，这才找上门来。

阿希作为业界唯一的女“猎人”，办业务还是很走心的，所以自然好评如潮。

阿希：“你想怎么被解决？”

戴着鸭舌帽的男人：“都行。”

阿希：“在那之前办个会员吗？给你优惠。”

戴着鸭舌帽的男人：“……”

阿希：“当我没说。”

这么轻松的单子还给了那么多酬金，阿希自然是接了。按规定接单之前要签合同，单子完不成违约金是酬金的十倍。

戴着鸭舌帽的男人支支吾吾劝阿希不要签，说自己真的不是很容易被解决掉。

阿希一个皱眉，拉着他的手就按了指印。

阿希：“婆婆妈妈的。”

男人意味深长：“我是为你好。”

到现在，阿希才算明白过来男人那句话里的深意，他……还真的不是很好被解决。

这三天，阿希可算是把各种方法挨个试了一遍，就是没有一个见效的。

她先是尝试了最温柔的安眠药，没想到男人吃了两人的量，却还是安安稳稳睡了一觉就醒过来了。

然后阿希尝试了最迅速的交通事故，可是戴着鸭舌帽的男人就算被撞飞了还是毫发无损。

她还尝试了溺水法、焚烧法、跳崖法……无论什么方法，在男人身上都无济于事。

最后阿希被逼急了，索性用最原始的方法——刺中要害。

就在水果刀即将刺中男人的心脏的时候，阿希扭到了脚。

就这样，戴着鸭舌帽的男人大半夜背着阿希去了医院。

从医院出来，阿希拄着拐杖先去一旁买了点夜宵，而男人则去打车，可是两人会面的时候，阿希目瞪口呆地看着面前的男人。

他的身后带着三个轮椅。

戴着鸭舌帽的男人挠了挠头："有人推销轮椅。"

阿希："三个？"

戴着鸭舌帽的男人："我觉得三个花色都挺适合你，就……"

黑色、豹纹、姨妈红……

阿希："……"

于是，阿希坐在豹纹轮椅上，左右胳膊又分别拉着两个轮椅，被男人推回了家。

分别的时候，男人道："你配上豹纹，真好看。"

阿希无语了。

她真不知道该哭还是该笑，这种时候就不用恭维了吧？

戴着鸭舌帽的男人为了能够让阿希顺利解决掉自己，频繁地出现在她的生活中。而阿希为了不支付那笔巨额赔偿金，也想尽办法让他去找阎王爷喝酒。

邻居们都说这个小伙子在追阿希。

阿希嘴角抽搐："他真的只是不想活了而已。"

临近签约期限的最后一天，阿希想破了脑袋才想到了一种方法——熏香。

这种香可是阿希花大价钱买来的，听说闻一口就足以让一头牛毙命。

但是到了男人家门口，阿希反而慢下了脚步。

这次，他真的会被解决掉吧？

虽然她见识了无数的死亡，但是这次似乎有些不一样。

她敲响房门，也是做这行以来第一次想要问一问，他为什么会有轻生的想法？

男人："这是第几种方法了？"

阿希："第八种。"

男人笑了一下："你等我不在了之后，就拿着钱养个宠物安安稳稳过日子吧，别做这一行了，日后有人寻仇怎么办？"

阿希说："掉脑袋的工作，一直都在被寻仇。至于养动物怕是不行了，我动物毛过敏。"

男人问："我很早之前在路边看到你亲手埋了一只小猫，我还以为你很喜欢小动物呢。"

阿希："那只猫是我一直在楼下喂食的流浪猫，远远地放下食物不会接触到。"

阿希："我做了那么多坏事，也得积点德不是？"

阿希："至于埋……它的死是因为我，仇家寻仇用刀刺我，它飞过来挡了一刀。我虽然被刺伤了，但是还是捡回了一条命。"

阿希絮絮叨叨，隔着浴室的门和男人聊着天，可是男人的声音却越来越小。她知道，熏香起作用了。

男人死前的最后一句话是："你可以好好活着了。"

阿希打开浴室的门时，却只看到了那只曾救过自己命的流浪猫，还有一顶鸭舌帽。

鸭舌帽上有一张字条。

猫有九条命，一条用来挡刀，八条用来给你续命。

阿希不知道，当初复仇人的那一刀，既捅死了流浪猫，也捅死了她。

而流浪猫，选择了用剩下的命来交换阿希的命，让她能继续活下去。

所以最近的这几次的行动，并不是男人解决不掉，而是每次解决了他一条命，阿希就离生的希望近了一步。

阿希早就不在世间了，只不过她自己不知道。

但是现在，她可以好好存在于这美好世间了，代替那只流浪猫，也就是戴鸭舌帽的男人。

“猫粮很好吃，你，也很好看。”

HUAI NAN REN GUO MIN ZHENG

坏男人过敏症

05

千朵得病了，一种奇怪的病，就连医生都束手无策。

坏男人过敏症。

千朵刚开始发现这个病的时候，是在大学毕业那年，她谈了四年的男朋友出轨了。得知对方出轨的当天晚上，她喝了一夜的酒，第二天全身起了小红疙瘩。

她对酒精是不过敏的，排除了很多过敏原之后，终于确定了，她对坏男人过敏。

这个结论还是闺密小施帮她分析出来的。小施说，这个时代各种奇怪的病症都是存在的，只不过是医学不认可罢了。

小施是个小诊所的医生，千朵和她是在十六岁那年认识的。

当时千朵的爸爸家暴，她狂奔出来，在小巷子门口看到了一家小诊所，小施就是里面的医生。

两个人的感情一直很要好，无话不说。

本来千朵还沉浸在坏男人出轨的悲伤之中，又因为身上的红疙瘩不得不每天裹得严严实实地出门，而三天之后，疙瘩消失了。

坏男人死了。

被发现的时候，他躺在垃圾桶里，已经没有了呼吸。

所以千朵的红疙瘩才会消退。

坏男人的丧礼在晚上举行，那晚千朵和小施一起出席了。丧礼上，坏男人的妈妈一直在哭。

她是见过坏男人妈妈的。当初海誓山盟的时候，坏男人带她见过家长，那个时候的她还以为这是他爱她的最好证明。

千朵走过去，把坏男人出轨的事情面无表情地说了出来，随后讲："伯母，我和我的闺密先走了，您节哀顺变。"

说罢，千朵拉着小施的手转身离开。

坏男人的妈妈看着小施的背影，满脸疑惑。

千朵遇到第二个男朋友，是在二十三岁生日那天。他们是在公交车上偶遇的，彼此一见钟情，很快就开始了恋情。

可是这段感情最终还是以悲剧结尾，那个男人骗了千朵十万块钱之后提出了分手。

没有借条，没有证据，也没有了爱。

千朵又过敏了，这次很严重，整个身子上起的全部都是红疙瘩。

她本来想去医院，可是小施说，这种病症医生根本不会过问的，因为自古以来没有坏男人过敏症的记录。

千朵无奈，只能待在小施的诊所里。

千朵躺在诊所的沙发上看着正在整理病例的小施："你说我这辈子是不是遇不到一个靠谱的男人了？"

小施笑了一下："要男人干什么？"

千朵看着天花板："总得有一个家吧？"

小施："我可以给你一个家啊，我开诊所养你。"

千朵看向小施，她说这话的时候格外认真。

几秒之后小施笑了出来："开玩笑的。"

千朵也跟着笑了："就是啊，你拿什么养我？这么一个小诊所，一天到晚才几个人来。"

说到这儿，千朵愣了一下。

是啊，她每次来小施的诊所，好像都没有看到过客人。

千朵这次的过敏症持续了一周，一周之后红疙瘩消失了。她想起上次初恋的事情，很担心这个男人是不是也死了。可是她等了好几天也没有新闻出现，悬着的心这才放了下来。

她很害怕死亡，就算死的是自己的仇人。

从小到大，父亲总是家暴，母亲抱着自己在角落哭的时候，父亲只会拿着酒瓶大骂母亲是疯婆子。

她妈妈叫红艳，好听的名字，却没有好命。

千朵逃出来那晚，父亲把母亲杀死了。可是不知道为什么，警察并没有追究父亲的责任，这件事不了了之。

第二周，父亲死了，溺水死的。当时小施在旁边目睹了一切，回到诊所又转述给千朵听的。

警察查了这件事，最后判定父亲是意外身亡。

千朵的第三场恋爱，持续的时间更短。

因为到了要结婚的年龄，千朵和第三个男朋友交往了没多久便开始同居。可是同居的第三天，那个男人便酗酒家暴，原形毕露。

千朵又过敏了，跑去了小施的诊所。小施知道这件事后，转身出去了。

千朵的过敏症第二天早上就好了，而小施也是第二天早上才回来，满脸都是疲惫，直接睡觉了。

千朵有些害怕，似乎一个不好的猜测涌上心头。

果然，第二天，新闻上开始报道，那个家暴的男人死了，与他一起被发现的，还有第二个骗钱男的尸体。

两个人都死了，所以千朵的红疙瘩才消失。

哦，不，准确地说，是让千朵过敏过的男人都死了。

当天晚上，她在小施的日记里看到了一句话。

我爱千朵，谁都不可以伤害她。

千朵想了一晚上，看着熟睡的小施，还是把诊所的门锁上之后去了警察局。

她报警了，并且报出了小施的地址。

就算她是从小到大唯一爱自己的人，可是这份畸形的爱，她承受不了。

可是，事情并没有按照她想象中的发展。

在千朵把事情从头到尾告诉警察之后，她被送去了医院。

精神病院。

警察说，千朵病了，不是坏男人过敏症，而是精神病。这病她不是大学毕业那年得的，而是十六岁那年得的。

十六岁那年，是千朵遇到小施的那年。

精神病院的医生说："你知道一种病吗？是人格分裂的衍生疾病，人在受了很大的刺激之后，会分裂出另一个人格来陪伴自己。"

千朵摇了摇头，只问："我什么时候才能出去？"

医生开口："小施是不存在的，你说的那个诊所地址，警察去看了，只是一个小巷子的犄角旮旯，里面黑漆漆的，只有垃圾桶。"

千朵拼命摇头。

可是医生说，千朵报出的小施的电话是空号。

千朵报出的小施的身份证号是假的。

当初千朵初恋的丧礼上，只有千朵一个人出席。坏男人的妈妈之所以满脸疑惑，就是因为看着千朵左手牵着右手，自己和自己谈笑风生地走了出去。

医生说："你有没有想过，为什么你长大了，小施却还是你初次遇到她时的模样？”

医生说：“你有没有想过，那个诊所，除了你和小施，还有其他人去过吗？”

千朵全身颤抖：“不，她是存在的，她帮我治疗过敏症，她还是凶手，帮我报仇……”

医生：“是你自己在帮自己报仇。你没有过敏症，红疙瘩是你自己想象出来的，和小施一样。”

两个人格，一个人格对坏男人过敏，另外一个人格杀坏男人来治疗过敏症。

医生走出了门。

警察问：“她杀了三个人，病不治好，没有办法开庭。”

医生说：“她是个可怜人，你可能不知道，她是我很早就接触过的病人。”

十年前，医生接待过一个病人。病人叫红艳，她因为怀不上孩子而得了人格分裂，自己分裂出了一个女儿的人格，还给她起名叫千朵。

而红艳的丈夫也因为这件事十分嫌弃她，经常家暴。

后来不知道为什么，红艳人格死了，剩下的便只有千朵这一个人格。他本来以为这个少女人格占据身体之后她会好好生活下去，却没想到，在妈妈人格消失的那天晚上，小施人格出现了。

病房里的千朵看着墙上的镜子。

镜子里，是一张熟悉的脸。

是妈妈。

她想起来了，想起来自己亲手将父亲推入水池的画面，想起来自己费力解决三个坏男人的场景。

她哭了。

她不是怕坐牢，不是害怕自己得病。

她最难过的是，生命中最爱自己的妈妈和小施——

都是她自己。

SHUANG BAO TAI

双胞胎

06

1.

你见过，完全一样的两个人吗?

我见过。

他们是双胞胎，很难得的，在外貌上没有任何不同的双胞胎。

我第一次见到他们，是在我所就职的私人医院办公室里。我硬生生地盯着两个人看了一分钟，也没发现任何不同。

我是个医生，而这对双胞胎之所以过来，是因为双胞胎里面的哥哥，需要换肾。

他们两个已经三十岁了，我暂且称哥哥为大龙，弟弟为小龙。

听他们说，七岁的时候，大龙就在公园走丢了，而小龙则跟着爸妈过着富裕的生活，一直到长大，成了一家公司的老板，日子过得十分滋润。

而大龙是在小龙生日那天出现的。

那天小龙路过桥洞，想买个蛋糕回家去，却看到了一个痴呆的乞丐，于是好心扔下几枚硬币。但当乞丐抬头时，小龙愣住了。

那正是自己走丢了整整二十三年的哥哥大龙。

那时候的大龙一身破烂衣服，脸也脏兮兮的，逢人就痴呆地笑着，显然智商不及正常人。

小龙很是心疼，赶紧把哥哥大龙接回了家，并且给他全方位做了身体检查，这才发现大龙的肾有问题。

这些年，小龙一直对哥哥很愧疚，现在看到哥哥这副模样，更是于心不忍，于是打算把自己的肾捐献给哥哥。

这对双胞胎我记忆一直很深刻，因为一个痴呆、一个一表人才，次意外就让两个人天各一方，过上完全不同的人生。

而记忆深刻的另外一个原因，就是这段故事的结尾太过于悲剧。

虽然手术进行得很顺利，但是术后却出现了意外——弟弟小龙成了植物人。

这是有一定概率的，但是谁也没想到，一个活生生的人就这么变成了不会讲话也不会吞咽的植物人。

我们都很惋惜，也心痛独自活在世上的大龙。

大龙有了全新的肾，却失去了一个刚刚相认的弟弟。而且他又脑子不健全，很难 个人生活下去。

这个故事在我们医院一直广为流传，我也一直认为这就是一段感人肺腑的兄弟情故事。

然而，几年后，事情却发生了转变。

那天大龙来医院了，他要检查自己的肾是不是正常。

他说话的神态，包括他的穿着都和正常人无异，完全不像个傻子。

他说，他是前几年治好的。

可是我明明记得大龙的病是不可逆病症，基本上一辈子没有办法痊愈的。

而从他的口中，我也知道了弟弟小龙的事情。

小龙瘫痪在床，没办法说话。而他的公司被查出负债累累，已经倒闭。

至于现在的大龙，过得很好，自己也经营起了一家小公司，日子慢慢好了起来。

我感到很惋惜。

谁能想到，这么一对双胞胎，就因为一次重逢，完全颠倒了命运？

大龙检查完毕离开的时候，我总感觉哪里不对劲，可想了半天却想不起来。

突然，我想到了。

初次见面的时候，我完全分不出他们两个，后来才发现了一个区分他们两个的办法。

弟弟小龙，是左撇子。

而哥哥大龙虽然痴呆，却是右撇子。

我终于知道是哪里不对劲了，刚才自从进门开始，大龙就一直用左手抽烟、签字。

我……

突然感觉，故事似乎并不是我看到的那样。

2.

我想到了另外一个故事版本。

或许，自始至终，功成名就的，都是小龙。

小龙找到了双胞胎哥哥，但是哥哥是个痴呆。他本不想理会，却想到自己刚好需要换肾。

于是他把哥哥带到了医院，用了一些手段瞒天过海，变成了是哥哥需要换肾的局面。但是真正手术的那天，他们两个交换了位置。

所以，大龙的肾，给了小龙。

而小龙则用了一些手段让大龙瘫痪，他自己装疯卖傻，成了大龙。

这样，他公司的巨额债务就一下子撇给了这个植物人，而自己金蝉脱壳，成了虽然痴呆、但身上没有任何债务的大龙。

他才三十岁，只要没有债务，一切都可以重来。况且，他重新拥有了健康的身体。

所以，失去家庭、失去肾、失去身份的，自始至终，都是不幸的大龙。

我被自己的想法吓了一跳。

为了验证自己的想法，我特意去看了医院几年前的监控。

因为如果小龙要完成这一切，最大的问题就是需要让大龙瘫痪。

可是几年前的监控里，躺在同一个病房的大龙小龙没有任何异常，除了有个朋友来探望，没有谁提前醒来。

可能是我多想了吧。

这一切，哪有这么黑暗？

3.

医院外的大龙，身穿西装拨通了电话。

“兄弟，我检查身体了，一切正常。来啊，请你吃饭，要不是你当初帮我往我那个傻哥哥的吊水里打药，他怎么可能没醒来就瘫瘓啊。”

其实，一切比我想象的更加阴暗。

现在的大龙，就是小龙。

而他和大龙根本不是偶遇。

那年的他，身欠债务，又急需一个肾。

他之所以去天桥下，只不过是想找个匹配的肾源，谁知道那么巧就遇到了自己的双胞胎哥哥。

双胞胎好啊，一样的脸、匹配的肾，他完全可以夺走他的肾，并且让自己过上没有债务的生活。

还有，难道真的有人相信，大龙七岁那年的那场走丢是意外吗？

只不过是小龙想要独占爸妈的宠爱罢了。

DI SI LING JIU DANG PU

第409当铺

07

1.

“小小年纪就知道来这里典当，真的不后悔吗？行吧，给你拿去，三万块，拿稳当了。”

当一大堆钱被放在我的手里，我瞬间觉得一切还是值得的。

刚进门的恐慌无措也消失了。

想着一会儿能去吃梦寐以求的肯德基，去换个和同事一样的新包，本该无比高兴的我却笑不出来。

因为，我这钱是我用快乐换来的。

这里，是第409号当铺，能够抵押一切，包括快乐、健康、爱情、财运，甚至亲情……

我之所以知道这里，还得从我的姐姐说起。

我和姐姐是双胞胎，从小一起在孤儿院长大。八岁那年，姐姐被有钱人家领养，而我则独自一人继续生活在孤儿院里。

十八岁的时候，我被要求独立生活，根本不会任何技能的我，想到了姐姐。

看到姐姐的时候，我惊呆了，原来这些年她过得这么好，长发飘飘，一身白裙，脸上白白的，夹着公文包。

反观我，一头短发，浑身邋遢，没有工作，也没有亲人。

“小雯，你从孤儿院出来啦。”姐姐看着我，满眼惊喜，甚至能看到些泪花。

但是我很冷漠地将她推开，道："找你借点钱花花。"

"啊，其实……我的生活也就这样啦，要想拿出多少钱来，也不太……"姐姐眼神闪烁了一下。

听着她的说辞，我冷笑了一下。果然，她还是这样伪善。

"明天我来拿，你抓紧准备吧。"我不想再多和她沟通什么，转身离去。

其实，我如此冷漠，是有原因的。

那个原因，就是第409号当铺。

那本是个孤儿院里的传说。

相传，穿过院子外面的小树林，就能到达一片荒废的公寓，乘坐电梯至四层半，找到最末尾的409号房间，那里是一个当铺。

当铺的老板娘叫三娘，人称"冷血三娘"。

三娘有很多瓶瓶罐罐，里面装的都是人的灵魂。听说很多人典当成瘾，最后就会把灵魂留在这边。

而这家当铺当的可不是什么金银财宝，而是"人的一部分"。

我没想到，这个传说竟然是真的，按照姐姐的日记，我依照她的方法找到了这个当铺，并且问出了当年的真相。

"三娘，你是说，几年前我姐姐大雯来你这里抵押了亲情，然后换的是能够被那对有钱人选中，是吗？"我不敢相信，这些年我一直深爱的姐姐，竟为了前途放弃了我。

"对，你和你姐姐长得可真是一模一样啊，没有任何区别。我可听说当时那对有钱人本来选择的是你呢，但是你姐姐……"三娘一边打扫卫生一边这么说着。

"因为她典当了亲情，所以夺走了本该属于我的人生，是吗？"

“其实她刚开始没有说典当亲情，说的是典当任何东西都行，只要能够换得那对夫妇选她。但是这丫头啊，浑身上下没有什么值钱的，最值钱的就是亲情了。”三娘冷笑了一下，又扫了我一眼，“你不是也一样吗？浑身上下就剩个亲情了，要典当吗？”

我无奈地笑了一下，确实，自己从小到大最在意的就是姐姐，所以身上最值钱的就是亲情。

“典当快乐吧，反正，我不需要这种东西……”我做出决定，“换我姐姐的亲情。”

我要把亲情还给她，让她为自己的所作所为感到痛苦。

“你姐姐的亲情都放了这么久了，不值钱，我还能额外给你三万。我从不做骗人的买卖。”三娘拿着那个算盘算了一下。

每次看着长发飘飘的姐姐，我就会想，这本来是我的人生。

傍晚，我跟着大雯，看到她走进了一栋别墅，里面有暖暖的灯光，还有香气扑鼻的晚餐。不一会儿，她换了一身睡衣下楼，坐下和那对夫妻谈笑风生。

真好啊。

愤恨的我不小心踢翻了花瓶，这让里面的大雯看了过来，我们对视了。

但是奇怪的是，大雯却满脸吃惊。

我听到里面传来了她的声音：“妈，为什么我好像看到了一个和我长相一模一样的人啊？”

真是虚伪啊，在养父母面前，她都要装作不认识我吗？

2.

第二天，我再次来到她公司楼下，等待了没几分钟，大雯就匆匆忙忙出现，手里还拿着一沓钱。

"这是我东拼西凑找来的钱，你先拿着用，不够了再告诉姐姐。"

"昨晚，你不是装作不认识我吗？"我不屑地接过钱，数了数，整整五千块。

她停顿了一下，开口："在爸妈面前，你最好还是不要出现。"

"不要出现？为什么，怕我夺走你的人生吗？刘大雯，我都知道了，你抢走了我的人生，这些都是你欠我的。"我把那些钱塞进包里。

虽然我现在并不缺这些，但是看到大雯为难的样子，我才能稍微舒心一些。

"只要你开心，怎么都好，小雯。"

3.

我拿着大雯给的那笔钱和三娘给的钱凑在一起，在很不错的小区里租了房子。我听说小区里面住的都是有钱人，而大雯养父母的家就在我的对面。

说不羡慕是假的，毕竟我每天晚上一闭眼就能梦到自己穿着小裙子坐在饭桌上，对着和蔼的父母讲述学校里发生的事情。而不是像我回忆里那样，每天端着难吃的饭菜，坐在一群小孩子中间，一不留神还会被恶作剧。

我甚至清楚地记得自己第一次生病的时候，高烧到昏厥，最后要不是院长把我送到医院去治疗，我都很难活下来。

幸福和悲惨两种人生的对比是如此明显，只可惜我是后者。

做了一整晚噩梦，直到第二天凌晨我才醒来，还是被敲门声吵醒的。

“需要安全保险吗？我们是方盛公司安全保险，保卫您的健康，真正做到预防任何疾病哦。人生在世，最需要的就是安全……”透过猫眼，我看到了一个身穿制服的女人，这种上门推销让我非常不耐烦。

“不需要。”我开口把她赶走。

这是有钱人才需要担心的问题，而穷人只需要担心自己该如何活下去。

正当我准备搞点吃的填饱肚子的时候，无意间瞥见刚才那个女人走向了对面的别墅，也就是大雯的家。

房门打开，就像迎接熟悉的客人一样，那对夫妇把那个推销员接了进去。

看来他们是经常买保险了，这次应该是给他们的宝贝女儿买的吧？

有这么多人疼爱，大雯的日子过得可真舒心。

下午，我又来到了409当铺，这次要当掉的是我的亲情。

“你要用亲情换你姐姐去死？”三娘有些不可思议。

“对的，够吗？”我在流泪。

“不够，还得要你的灵魂，你死后就得被困在这小瓶子里了，不害怕吗？”三娘拿出一个格外小的瓶子。

“不怕。交易吧。”

“好，409号当铺，一经交易，无法反悔。”

4.

房租到期了，我收拾东西准备找个别的房子住一下，电视上正在播放的新闻是大雯的死讯。

“一女子意外落水，身份暂未查明，等待认领……”

我一眼就认出，这个人就是大雯。

也好，我安心了。

真不知道那对夫妇看到会做何感想，会很心痛吧？

但这一切都与我无关了。

就在我刚刚踏出小区的时候，电话响了，是孤儿院的院长：“小雯啊，你得回来一趟，我有事情找你商量。”

院长一直都对我很好，听到这话，我估计那边是出了什么问题，于是连忙赶了过去。

车子停下，面前的孤儿院还是一副静谧的样子，儿时和大雯的回忆涌入脑海，我无奈苦笑。

现在我已经感受不到伤感了，因为亲情已经被我典当给了三娘。

我敲响院长办公室的门，但下一秒脑袋上的剧痛让我渐渐失去意识。

有人敲晕了我……

再次醒来的时候，我被绑在了椅子上，而面前站着的是院长，还有那个保险推销员。

我不明白到底发生了什么事情，我为什么会被敲晕，这个毫不相干的推销员又为什么会出现？

直到……

“没办法了，那个夫妇的前一个仿生人意外死亡了，只能启动B方案。”保险推销员看着我说。

“可惜啊，她本来都被放回社会了，我还以为她能像正常人一样生活了呢，真是可惜啊。”院长摇摇头，“她姐姐拼命救她，最终还是没能成功。”

“她姐姐？大雯？别说笑了，仿生人哪来的感情？他们就是器官储存器罢了。”保险推销员冷笑了一下，然后对着我的后脑勺伸出手，轻轻一按。

我的眼睛闭上了，并且没有办法睁开，只能听到她们的对话。而我也渐渐听明白了一切。

史密斯夫妇有个女儿，名雯雯，但是先天性的疾病让她基本上无法下床。

所以，他们花大价钱买了保险，这个保险就是我和大雯。

我们是完全按照雯雯复刻出来的仿生人，我们的存在就是为了给雯雯替换器官。姐姐早就意识到了这个问题，所以才去第409号当铺那换自己“被领养”。

而第409号当铺里的三娘，不过是保险公司的研究人员罢了。她能取走我们身体里的零件，然后给我们想要的东西，并称之为“典当”。那是公司为了研究仿生人情感而创造的地方。

这次姐姐死亡，我自然要被接过去，完成一次又一次的手术，直到和姐姐一样，死去……

“可惜啊可惜，当初大雯费尽心思求我，让我千万瞒着小雯她是仿生人的事情，但是还是瞒不住了。当初小雯差点死机，还是她姐姐连夜赶来把肾给了她一个，仿生人真的是有感情的。”

5.

郊外的孤儿院，一对玩滑梯的玩伴正在讨论一个传说。

“你知道吗？第409号当铺，能得到想要的一切东西……”

SHAN SHEN DE BAO EN

山神的报恩

08

1.

我救了山神，所以山神答应我，在未来的时间里可以满足我三个愿望。

任何愿望都行，这是山神说的。

我叫齐缓缓，是个上班族。

至于我为什么会救了山神，这事还得从我爸的房子说起。

我爸是个老古董，住在山上的一个小镇里。平时他任何电子产品都不带碰的，就只喜欢下象棋找乐子。

我大三那年暑假回去，刚好看到拆迁办的人在为难我爸。因为他们要把这山做成旅游景区，所以镇上的房子也得拆掉。

这可愁坏了镇上的人，我爸更是气得一晚上没吃下饭。

其实我倒是很开心，最起码我爸终于可以和我去城市里生活了。

可老爷子天天愁眉不展也不是办法，最后还是我做出了让步，被逼着去和开发商谈判。

房地产的事怎么能是我一个小女子决定得了的呢？

于是，硬着头皮的我，来到了开发商的公司。但是没想到，他们竟然刚好准备停止这个计划了。

我开心坏了，转头就把这个好消息告诉了我爸。

“爸，不拆了。”我嘿嘿一笑。

“可以啊，你也太厉害了，靠自己一己之力就拯救了我们？”老爹很开心。

但是我没想到，自打那开始，我就被整个镇子的人当成偶像看待。

我每次到镇子里总有一堆乡亲和我打招呼。

“哟，缓缓来啦，我们的小英雄。”

“姨，人家真是碰巧不做这个工程了而已。”我尴尬地笑。

“快看快看，我们的小英雄回来了。”

好吧，他们是不会认真听我讲话的。

只是，镇子里这么说就这么说了吧，结果这话不知道为什么传进了山神的耳朵里。

其实，我刚开始也不相信有山神这种人物，直到我亲眼看到一个高大帅气的男人闯进我的房间，我爸却没有任何察觉……

“你你你……”

“我是山神，你护了山周全，我奉命报恩，可以满足你三个愿望。愿望满足了，我就会清空你的记忆。”那人开口，满脸冷漠。

嗯，他长得倒是很帅。

在他展示了自己的法力之后，我花了半个小时才说服自己，这是遇到真神仙了，而不是骗子。

“我以为山神都是老爷爷呢。”我指着墙上挂的山神像，那是个白发苍苍的老爷爷。

“那是我爷爷。”山神看了我一眼。

“你竟然有亲人！”

不对，我这话怎么听着那么像骂人？

山神一脸无语，仿佛不想再和我沟通：“总之，三个愿望，你许下之后我就会出现在你身边，期限是二十年内。”

“二十年，这么久？”我瞪大眼睛。

“不久，对于你们人类来说很久。对于我来说，人间二十年不过就是我们那里一个月而已。”

“哦，好。”我连忙点头，毕竟这种机会可太难得了。

还没等我话说完，山神就已经消失了。

这事是三年前发生的，到现在我都不确定那到底是不是个梦。

直到……

“缓缓，这不是你一直喜欢的那个头绳嘛？有抽奖啊。”

同事和我一起逛街的时候刚好看到了抽奖活动。

“好希望抽中我啊。”我随口一说。

下一秒。

“恭喜……齐缓缓女士，获得四等奖头绳。”

我：“……”

瞬间，一种不好的预感涌上心头，转身一看，我果然看到了人群当中的山神在看着我。

今天的他穿着现代的衣服，板板正正，很帅气。

但是，难不成……

山神慢慢走来，看到我的第一句话就是：“第一个愿望，达成。”

不是吧，大哥，原来你不是我的一个梦啊，那这么多年我有这么多愿望，你为什么偏偏实现这一个？

“我只是碰巧来这里办点事情，结果就听见了。”山神耸肩。

我拿着价值九块九的头绳，无奈地叹气。

倒是旁边的同事十分激动。

"这是你男朋友吗，缓缓？这也太帅了，怎么从来没听你提起过？"

"不是我男朋友，这事不提了。"我拉着同事，想要赶快离开这个是非之地。

这个山神说不定是个劣质的神仙，只能实现这种小愿望。

就在这时，山神突然拉住了我，然后小声在我耳边说了一句："忘记告诉你了，愿望全部实现之前我们是心灵相通的，你的心里话我都能听到。"

啊，这……

我恨不得挖个地洞钻进去。

突然我又想到了什么："挖地洞可不是我的愿望啊！你别乱实现。"

"知道了。"山神笑了一下，转身朝着人群走去，留下一句，"下次再见。"

旁边的同事依旧一脸痴迷："你男朋友真帅啊！"

"……"

而我，还在为那个九块九的头绳心痛。

2.

经过一晚上的深思熟虑，我终于想好了第二个愿望——让自己不用工作也能有很多钱。

于是，我在心里一直默念山神。

既然他和我心灵相通，那应该也能听到我在叫他吧？

果不其然，不到两分钟，山神出现在我面前。

"吵死了。"山神很暴躁。

“嘿嘿，我想好第二个愿望了。”我连忙把他按在椅子上，端茶送水。

“我想变有钱。”

“不可能，我们神仙不实现任何和钱有关的愿望。”山神直接拒绝。

“为什么？”

“钱不过是你们这群平庸的人类弄出的商品交换的替代品，根本没有任何价值，太庸俗了，我不要。”

大哥，你觉得庸俗，我不觉得啊。

“没事的话，我就走了。”

“行行行，那第二个愿望换成，让我有个男朋友。”我终究还是妥协了。

“好。”山神留下这句话，就又消失了。

没有搞错吧？他到底行不行。

然而第二天，我刚睡醒，就又看到了山神坐在我旁边。

“你！你什么时候进来的？”我惊坐起来。

“早上好，女朋友。”山神把旁边桌子上的早餐打开，里面是包子豆浆。

有没有搞错，我许愿要男朋友，不会就是他来做我的男朋友吧？

“我回去后认真想了一下你的愿望，然后又联系了月老，发现你根本没有姻缘线，于是只能委屈我自己了。”

“我不至于连姻缘线都没有吧？”虽然我确实是条件差了点，但是这也太伤人了。

“确实没有，你没发现你自己从小到大都没有任何桃花运吗？”

“……”此话有理。

从小到大，我确实没和什么异性有过交集，唯一有交集并且情窦初开的一次，还被人放了鸽子。

“放鸽子？”山神挑眉。

这家伙又在读我的心了。

“就是很小的时候，我在山里遇到过一个与我差不多年纪的男孩子，经常一起聊天爬树，但是后来……”谈及小时候被爽约的事情，我还是有点伤心的，毕竟从小到大就走了这么一次桃花运，还是以失败告终。

“说了，你啊，命中无姻缘。”山神敲了一下我的脑袋。

这就是传说中的天生孤寡吗？

3.

山神成为我男朋友的第二天，他决定和我分手了。

“开什么玩笑，才谈了一天恋爱就分手？”我瞪大了眼睛，不敢相信。

“对啊，我只准备满足你拥有男朋友的愿望，又没有说满足多久。”

“……”

可是昨天那一天也不算谈恋爱啊。

我俩昨天在屋子里讨论了一晚上我为什么没有桃花运的问题，就连出去吃饭都没有，什么约会啊，牵手啊，见家长啊，统统都没有。

这也太草率了。

如果真的像他说的那样，我这辈子是没有桃花运的，那岂不是我再也没有机会约会了？不会吧……

想到这，我眼泪都快流下来了。

“行了行了，吵死了。”山神不耐烦地站起身。

“我什么都没说啊，大哥。”

说完我又突然意识到，我的心里话他也是能听到的。

山神看了一眼手表，思考了一下开口：“别废话了，今晚穿好看一点，我在楼下等你。”

“你是要和我约会吗？但是你不就在这里，为什么还要去楼下等我？”

“我……我是学习了恋爱知识的，约会之前都是要讲这句话。”山神咳嗽了一下，有点尴尬。

“好吧。”

真不知道他是从哪里看到的什么恋爱知识。

这个疑惑在我打开我的电脑之后就消除了。

因为我的搜索记录里面全都是“如何谈恋爱”“人间的恋爱是怎么谈的”“女人和男人如何进行恋爱”……

而出来的结果大部分是一些偶像剧的片段。

看来是山神趁着我不注意时偷偷去搜的，真是后悔教他使用电脑了。

下午六点整，我穿了一身还算好看的裙子来到了楼下。比我先下楼十分钟的山神，站在楼梯口，朝着我挥挥手。

“好久不见，你又变好看了。”山神说。

得，他这估计又是从什么偶像剧里学到的。

“是挺久……得有十分钟了……”我无奈。

“我们这是准备约会吗？去哪里？”我迫切地想要知道今晚的行程，毕竟今天我最喜欢的电视剧要大结局了，我还想八点之前赶回去看。

“今晚是这样安排的，先去吃饭，然后牵手，最后和我一起回家见家长。”山神拿出一个小单子，上面应该是他做下的计划。

有没有搞错？我确实是想要约会，但是也不至于一晚上做完所有的事情吧？

可不等我开口拒绝，我就已经被塞进了出租车里。

看着旁边一脸得意地炫耀自己制定的行程的山神，话到嘴边我还是没说出口。

最终出租车停在了一家高档餐厅前。

“小姐请，先生请。”

不得不说山神的气质还是很好的，以至给了服务员一种我们看起来很有钱的感觉，说话都格外客气。

“这个，还有这个。”山神倒是学习了不少人间的吃饭礼仪，点了很多我喜欢吃的。

不一会儿，一整桌饭菜摆在我的面前。

“这里是不是很贵啊？”我悄悄问了一句，实际上是有些担心山神死要面子活受罪。

虽然他是神仙，但是在人间也没个工作，哪里有钱嘛。

“没关系，反正是你付钱。”山神说了这么一句。

我：“什么？”

山神：“有什么问题吗？人间那种肮脏的纸币，我不能动。”

好吧，我认命。

结账的时候，我的心都在滴血，一下子吃掉了半个月工资，任谁都会很心疼。

“下一站，我家。”

山神带着我，打车去了镇子，又爬了半个小时的山，才到了他口中的家。

看着眼前的小破庙，我犹豫了一下，开口：“这个庙就是你的家吗？还……挺好的。”

没想到山神以一种看智障的眼神看了一下我，然后一挥手。

瞬间，眼前的破庙变成了一个金碧辉煌的宫殿，里面来来去去的都是穿着高贵的人，有的人穿的是现代服装，有的人穿的是古代服装。

无一例外的就是这些人都戴着很多珠宝，任何一颗摘下来都价值连城。

“这……这是你家？那些是你家人？”

我收回我刚才的怜悯。

“他们只是用人和管家而已，走吧。”山神走近，果然那群人礼貌问好。

“用人都穿金戴银啊。”我左右环顾，像个没见识的小女孩。

“这些是最不值钱的东西，神仙不需要，自然都给用人。一会儿你要见的是我爷爷，他今天六百四十大寿。”

“六百四十岁？”我瞪大了眼睛。

“神仙都能活几千年，但是……也有弊端。”山神解释，“弊端就是，每逢一百年，我们的身体进行成长，上一百年的记忆也会随着仙法的变强而消失。”

“哦，这样啊……”我似懂非懂地点点头。

这么看，神仙也没有什么好羡慕的嘛。

跟着山神的脚步，我们走了很久才来到一个殿里，最中央坐着的是一个白发苍苍的老人。没猜错的话他就是上一任山神，也就是现任山神的爷爷。

“你就是那个人间的女娃？”老山神看了我一眼，明显不怎么喜欢我。

整顿饭我吃得格外尴尬，好在有一个古灵精怪的小家伙——山神的弟弟苏苏。

苏苏外表看起来像个七八岁的孩子，实际上已经九十多岁了，他倒是挺喜欢我的，晚饭期间一直给我夹菜。

到了傍晚，苏苏突然拉着我到了角落，探头探脑地问："姐姐，你就是哥哥一直喜欢的人间女娃吗？"

"一直喜欢？"我一头雾水。

"你不知道吧？哥哥小时候喜欢一个女孩子，然后找月老剪断了她的姻缘线。只是后来，哥哥一百岁的时候，失去了那段记忆，一直不记得女孩的长相，所以，他才四处寻找没有姻缘线的女子。"

"你……有没有你哥哥小时候的照片？"

山神不会就是我的情窦初开吧……

苏苏从身后的小箱子里找出了一张格外古老的照片。

熟悉的面孔映入我的眼睛。

果然是他!

所以……

"爷爷一直不喜欢我们找人间女子做伴，所以才会不喜欢你。不过没关系的，爷爷很疼我们两个，相信他很快就会接受你。"苏苏拍了拍我的脑袋。

然后那边又开始喊我了。

"人间丫头，别乱跑。"是山神爷爷。

"来了。"

我连忙跑过去。

等到一切结束的时候，已经是深夜了，月色当空，我和山神从里面走了出来。

"山神，我有个事情问你，我的姻缘线是不是你剪断的？"虽然已经有了答案，但是我还是问了一下。

这家伙，在我这里装好人，明明当初就是他放了我鸽子。

“你抓紧许下一个愿望吧，我没时间陪你闲聊。”山神把话题岔开了。

“下一个愿望？不是就三个吗？”

“买三送一，抓紧。”

“那我想要……很多珠宝！”

“……”

山神好像有点失落。

“你为什么不许愿让我永远做你的男朋友？”

我努力憋笑：“原来你想让我许这个愿望啊，那我考虑一下吧。”

“别考虑了，我说了算。”山神急了。

“好吧。”我这两个字说得格外慢。

我看到他笑了，还是偷笑的。

4.

之后我才知道，当初开发商之所以不开发这座山了，是因为山神连夜教训了他们，还给出了警告，交代他们第二天有个女孩子来的时候，要恭恭敬敬地说项目停止了。

这样他就可以名正言顺地开始报恩。

然后……接近我。

没想到，小山神还是挺有心机的嘛。

5.

后来。

我被山神明媒正娶地娶回了家，还被山神爷爷很不情愿地喂了一颗长生丸。

山神两百岁生日的第二天。

我端着早餐站在他旁边。

“小姐，你很好看，有机会认识一下吗？”

瞧，一个人的记忆消失了，但是无论多少次，他喜欢的，都还是我。

PING FEN

评分

09

1.

我能看到一个人的评分。

这是天生的能力。

例如，我身边坐着的这个小伙子，端着咖啡杯打着电话，他的评分是六十分。

给他打过分的人分别是他的爸妈、朋友、同事，其中最高分是父母给的，最低分是他的前任女友给的。

这很正常，每个人或多或少都会在心里给其他人打分，而这个分虽然转瞬即逝，但是已经被计入被评分人的人生了。

而我，就是可以看到这个评分的人。但是，我不知道自己是不是唯一拥有这种能力的人。

从小到大，我已经习惯了这种生活方式，无聊的时候四处看看大家脑袋上的评分，想象一下他之前的人生中发生了什么。

直到我认识了阿强。

阿强是个在街边跳街舞的男人，只不过他的肢体看起来十分不协调。

很奇怪吧？明明是跳舞的，却肢体不协调。所以他那边并没有多少欣赏的群众，更多的是看热闹的人。

“怎么现在瘸子也能跳舞？”

“奇奇怪怪，哗众取宠的吧？”

旁边的几个人嘀咕着。

而只有我知道，阿强身上最怪异的是他的评分——他是零分。

从小到大，我是看过不少人的评分的，从高到低都有。

一般事业有成的，评分就会比较高，而过得差的，评分就会差一些。可最差也只是在及格线左右徘徊，从来没有出现过零分的现象。

这让我对他产生了强烈的好奇，以至主动上前想要加他的微信。

只可惜，他并没有告诉我，而是摇摇头转身离开，去旁边买了个汉堡，拎着音箱离开了。

2.

本以为，这就是一次擦肩而过的缘分。

但是，更奇怪的事情出现了。

他再次出现在了我的生活中，而且评分变成了九十。

而他的身份也变成了我的新同事。

我有些疑惑，主动上去打招呼。

“你好，我们之前见过的，你跳舞那天。”我又看了一下他，发现他的腿可以正常行走，并没有一瘸一拐。

“那应该是我的双胞胎弟弟，我叫大山，你好。”他愣了一下才回答我，然后礼貌微笑。

我这才知道，上次看到的，和现在看到的不是同一个人。

那为什么同一个家庭的孩子，却拥有完全不同的评分？

日子就这样一天一天过去了，我渐渐知道了为什么大山能够成为九十分的人。

无论我什么时候看向他，他永远是微笑的状态，给人一种彬彬有礼的感觉。公司里的任何任务都被他完成得很好，甚至他刚来就把业务提升了一个点。他升职也很快，短短几个月，就做到了负责人的位置。

这种人，没有人会不喜欢，他也时刻照顾大家的想法，所以来了公司之后，大山的平均得分变成了九十一。

直到一件事的发生。

那天我照常上班打卡，在电梯里遇到了大山。

“早啊，今天来公司挺早的。”我笑着问好，但是大山只是对着我点点头，没有再说什么。

这很奇怪，因为大山十分健谈，在他面前一般不会出现冷场的情况的。

而电梯门一打开，大山就立刻匆匆忙忙地走出了电梯。我这时才发现，他的腿是瘸的，也就是说，他是阿强。

“阿强？”我喊了一声，但是他直接冲去了我们总经理的办公室。

我心里有种不好的预感，因为公司人人都知道，大山在和总经理搞暧昧，两个人互相喜欢对方，甚至还有同事看到过两人一起吃饭。

果然，阿强进了办公室之后，总经理热情地过来打招呼，但是下一秒，却被阿强狠狠推开。

因为门是打开的，所以我和外面的同事能够清楚地看到里面发生了什么。

“你知不知道我哥已经有妻子，为什么还要和他在一起？”

“我……我和你哥是真心相爱的，我们……”总经理显得十分慌张。

“真心相爱？难道不是你以升职为理由，让我哥和你交往吗？别以为我不知道。”阿强怒气冲冲，拖着他一瘸一拐的腿走到了门外。

“我代替我哥辞职，这工作不干了。我嫂子已经因为这事心脏病复发住院了，我不想家破人亡。”阿强冷眼看了一下我，突然向我走近。

我本能地感到害怕，于是后退了两步。

“怎么样？你是不是在想，这么一闹，我哥的评分就会低了？是不是还在想，为什么评分那么高的人会做出这种事情？”阿强的声音很小。

“你怎么知道评分的事情？”从小到大，这是我第一次从别人口中听到评分。

“想知道的话，周日来我家，我告诉你。”阿强递出一张字条，上面是他家的地址。

“好。”我点点头，因为我实在是很好奇这兄弟俩的事情。

3.

周日，我准时来到了阿强的家。这是一个十分温馨的小区，看起来也很高档，可以看出，他们家里还是很富裕的。

“大山？”我敲响门。

开门的是穿着睡衣的大山，也或许是阿强，我分不清他们两个。

但是抬头看到数字，是七十六，所以他应该是大山了。

看来上次的事情对他的影响还是很大的，评分一下子降低了不少。

“你弟弟还好吗？还有，公司的事情……”我礼貌性地关心了一下。

“我弟弟都告诉我了，这件事确实是我的不对，为了升职不择手段。从小我就不擅长拒绝人，总是习惯性答应对方。”大山笑了笑，看得出他很无奈。

怪不得，他的评分这么高。

我走进房间，看到里面都是大山和他妻子的合照，能看得出来，他们很恩爱。

“喝点水吧，在沙发上坐一下，应该是阿强邀请你来的吧？”大山还是如此面面俱到，纵然自己状态不好，也会顾及其他人的感受。

我能懂这种感受，因为我也习惯照顾别人——知道评分的事情后，我总是想让自己的评分也高起来，虽然我根本看不到自己的评分。

“既然阿强邀请你，应该是把你当成朋友了，那……我们的秘密，我也替他告诉你。”大山开口。

“什么秘密？”

“其实我们是同一个人，他是我分裂出来的另一个人格。”大山苦笑。

4.

“从小到大，我都是很优秀的人，经常被家长和老师夸奖。每天我按时写作业，按时把奖状带回家。虽然周围的人都很喜欢我，但是我却知道自己并不开心，而且是很不开心，甚至感觉生活没有任何意思。我喜欢跳舞，喜欢唱歌，但是妈妈觉得那根本就是不务正业的事情。

“我记得当时，学校里举办舞蹈大会，要选拔出来一个人参加区舞蹈队，我准备好了一切去参加，也好不容易说服了妈妈。只可惜……路上遇到了意外，我从电瓶车上摔了下来，当时，我很想继续去参加比赛，妈妈却说身体最重要，如果去参加很有可能耽误最好的治疗时间，最后强拉着我去治疗了。我一向很在乎妈妈的想法，为了我好孩子的形象，我没有拒绝，但是那天晚上我在病房哭了一整晚。

“也就是那晚，阿强出现了。在阿强的意识里，我是去参加了比赛的，纵使后来腿落下了些毛病，但是我还是喜欢舞蹈。所以，阿强的腿是瘸的。”

听到这，我有些愣神，因为我是第一次知道，原来一个分裂出来的人格可以拥有独立的病痛。

“我知道你在想什么，其实阿强的腿不瘸，也可能是我妈当时给我植入的只要去参加比赛就会残疾的想法太牢固了，所以他潜意识里认为去参加了比赛就会瘸，也就是说那根本就是心理作用。”

我点点头：“所以那天冲进公司的其实只是你的一个人格而已？”

大山无奈地笑了一下：“也算是我自己吧。我太在乎别人的想法了，很多事情没办法去做。但是阿强不一样，他从来不在乎别人的想法，想做什么做什么，我很羡慕他。”

我渐渐想通了为什么阿强的评分是零，因为他根本不在乎别人的看法，自然也就不会有评分。

一辈子都活在评分里，是十分可怕的，就像大山一样。

“我知道的都告诉你了，希望能解决你的疑问。”大山站起身。

“谢谢你。”我也站起身，准备离开。

但是我想到了一件事情，我和大山、阿强都不算很熟悉，那阿强为什么要邀请我，告诉我这些呢？他又是怎么知道评分的事情的呢？

就在我思考的时候，大山突然闭上了眼睛，几秒钟后又再次睁开。

他走近沙发又坐下了，我这才注意到，他瘸了。也就是说，这个是阿强。

“阿强？”我试探性地叫了一声。

“你来早了，所以我哥招待了你一会儿。既然已经浪费了那么多时间，我就长话短说。”阿强比他哥哥冷漠很多。

“你是怎么知道评分的事情的？”我也直奔主题。

阿强端起杯子喝水：“因为我也看得到大家头上的评分，你是八十八分。但是你是黄色的数字，而其他人是黑色的数字。”

我看了一下阿强头上的数字，这才发现他的数字是黄色，本以为是他是零的缘故，所以数字颜色不一样，但是现在看来不是这样。

阿强递给我一张写好的字条，字条是折好的，所以看不到里面的字。他说：“至于为什么是黄色数字，你想知道的时候再打开吧。”

我接过字条，放进了口袋里。

我总是觉得，阿强可能知道得很多。

这次拜访就此结束了，因为阿强说他不能占用身体太久，毕竟自己只是个衍生出来的人格。

我是第一次看到次人格与主人格和谐相处的，这种感觉很神奇。

回家的路上，我仍旧在思考阿强的话，直到到家。

晚上在房间里，我回想自己的一生，却发现自己和大山没有区别，都在为了评分而活。

我连租下这个房子，都是因为别人——本该属于我的房子被弟弟一家占去了，我为了好姐姐的形象，没有抱怨半句，拿着一个月的人半工资出来租房。

我记得妈妈说，我小时候十分调皮，什么事情都做，但是自从有了弟弟之后，我就不一样了，变乖了。

突然，我意识到了什么。

如果……

我不敢想象，如果我的猜测是真的，那到底有多恐怖。

我想起了阿强递给我的字条，从口袋里翻出来，慢慢打开。

上面的字让我瞪大了眼睛。

“只有次人格，才能看到别人的评分。”

我……是次人格。

突然，回忆涌现。

从小到大我都从不在乎别人的想法，只是过自己的日子，直到弟弟诞生。我抱着弟弟的时候，大家都夸我是个好姐姐。

那个时候我想，这种感觉真的很好，如果我一直都被人这么认可就好了。

所以，新人格出现了。

她会讨好人，会照顾弟弟、照顾妈妈，但是不会顾及自己的感受。

后来，我丢失了那个本体，那个评分低的、任性的、不在乎别人看法的本体。

所以，我只是个占有了本体很久的次人格。

5.

我走在大街上，每个人仍然有自己的评分，他们也都很在意这个评分。

人啊，真神奇，高分的人分裂出低分人格，低分的人却分裂出高分人格。

或许我和阿强，本来就是被本体遗忘的一部分吧。

LING HUN TI JIAN SHI

灵魂体检师

⑩

1.

我是一个灵魂体检师。

这个工作说起来可能比较难以理解，大家直接往下看就行。

第一个灵魂——

春节总是回家的高峰期，我也从领导那拿了奖金准备回家过年，可是地铁上似乎并不安宁。

吵吵嚷嚷的声音把我闹醒，我一睁眼就看到了一个身穿米黄色大衣的女人在冲着一个女大学生叫嚷。

地上静静地躺着一个已经摔得面目全非的平板电脑，那凶狠的女人旁边站着一个七八岁的小男孩，男孩手里拿着新买的水彩颜料，像看戏一般看着面前的场景。

“我家孩子就只是想看看你的平板电脑，你自己拿不稳还怪他？再说，他只是个孩子，他懂什么啊？你多大年纪了，能和一个孩子计较？”那女人一直气势汹汹，而那个女大学生则被骂得抬不起头，只是看着自己已经坏了的平板电脑。

“我……我没想到他会用手抓，那是我存了一年的钱才买的……”

那女人还是咄咄逼人，丝毫没有想要道歉的样子。而旁边的小男孩似乎瞅准了大人们在忙着吵架，自己悄悄走到了一旁摆弄起自己的水彩。

等到女大学生的啜泣声停止，众人才注意到那个小男孩，他已经把水彩涂到了公共座椅上，花里胡哨的图案格外刺眼。

这时一旁的路人开始皱眉，有的开始指责，那孩子似乎也有些怕了，躲在了自己母亲的后面，那女人拉过自己的孩子，挂在嘴边的还是那句话：“他还是个孩子，不懂事。”

我盯着那女大学生的灵魂，看到了懦弱和恐慌，也看到了她未来的命运：因为平板电脑里未备份的资料丢失而被领导开除，进入新公司后因为不敢拒绝潜规则而走上歧途，最终，怀了并不相爱的人的孩子，颓废自杀。

我又看向了那个孩子，他的灵魂是一张白纸，但似乎上面已经被他母亲写满了肮脏的东西。

我又看向了那个女人，她的灵魂里写满了偏袒和刁蛮。

于是我动笔，在灵魂档案袋里填写了这一切。

五分钟后，一切都停止了，周围变得非常安静。我看着那女人的灵魂飘向空中，最后又落在那张被小孩乱涂乱画的椅子上。

总部的决定总是大快人心。

我走近椅子，看到那女人的灵魂恐慌极了，因为她完全动弹不了。

几天后，我再次看到了那张椅子。此时的椅子已经因为花里胡哨的样子而引起了很多孩子的兴趣，所以被弄得千疮百孔。

我看到女人的灵魂，哦，不，现在她是附身在椅子上的灵魂，她和椅子融为一体了，她在哭。

我说：“没关系啊，他们，还小。”

第二个灵魂——

我搬到了一个新的出租屋里，环境还不错。隔壁住着的是一个中年男性，平日里穿得西装革履，待人也算友善，还总是喜欢喂一些小区周围的流浪猫。

我对他的好感，终止在那个晚上。

我到他家去做客，无意中看到了电脑屏幕上缩小的窗口，那是一个视频。

而视频的标题促使我点开，结果看到的是惨不忍睹的场景。

一些小猫嘶吼着，有的被扔进铁锅，有的被一点点拔掉了猫毛……

我的手在颤抖，随后望向了他从来不让靠近的杂货间。我轻轻推开门，里面放置的，是几十只原本被他“好心饲养”过的流浪猫。

门外的他继续发着语音：“刘哥，来新货了，有什么新法子吗？最近不好卖视频啊，查得严，录好了只能亏本卖……你愧疚啥啊？它们不就是畜生嘛。”

我体检了他的灵魂，上面写着残忍。

我甚至还看到了他曾经是如何手染鲜血：他亲手把喂养了一段时间的母猫的孩子一个个夺走，又在猫毛上点燃了炙热的火，母猫号叫着奔跑，在他假意温柔的呼唤下，母猫就算痛得要死，也还是朝他奔来。

后来，那只猫被他关了起来，身上的伤口每时每刻都在疼痛着。

我拿起灵魂档案袋，在里面重重记下了他的行为。

然后，总部发令了。

我看着那男人的灵魂飘向了那只烧伤的、奄奄一息的猫，随后一动也不能动，只能忍受剧痛。

我看着那男人挂在猫……哦，不……现在是挂在他自己灵魂的脖子上的卡片：能活挺久，烧伤。

他很痛吧？从表情就能看出来。

我走近。

我说："没关系啊，你，只是个畜生罢了。"

第三个灵魂——

我接手了一个新案子，等我到达调查地点的时候，眼前的一切使我不忍直视。

小小的山村住满了年老又满手茧子的男人，而每个男人家里，又都关着一位妙龄少女。少女们披头散发，没有衣服，眼神中透着绝望。

我看向一个戴着脚铐的少女，观察了她的灵魂：她本该是大学学生会的会长，本该拿着优异的成绩出国留学，回来后按照爸妈的安排和一个事业有成、自己又一见钟情的男人结婚。

可是这个灵魂的命运被一个独眼龙给扭曲了。那个逛街的午后，那块带着蒙汗药的手帕，成了她生命的转折点。

我收回视线，刚好看到再次来村里贩卖少女的独眼龙。他笑着，满嘴黄牙，嘴里吐着烟雾说：“哪有什么良心不良心的？为了钱嘛。”

我看到了，他灵魂上的贪婪。

在我把这一切记录下来之后，总部发令了。

那男人的灵魂飘向了一头被老汉牵着去屠宰的牛身上，那恐慌和不知所措的样子像极了屋内的少女。

那老汉拿着卖牛的钱离开了。

在刀落向他脖子的前一秒，我笑了一下。

我说：“没关系的，为了……钱嘛。”

第四个灵魂——

今天是休息日，我本可以不用工作，但是我没想到出去买个早饭竟然也能看到这样的场景。

一群人围在一个小地摊前面，人群中央一个体形肥硕的男人拿着喇叭在叫卖：“消毒水啊，还有医用口罩，五百块钱一个……”

五百块。

我皱起眉头，走近了一些，却看到很多人拿着红色的钞票争相送到他的面前。

旁边还有一些人在不断煽动着群众：“最近猪瘟你知道吗？很吓人的，不戴命都没了啊。”

肥胖男又拿起一个口罩扬了扬，说起话来吐沫四溅：“钱重要还是命重要啊？大家来买啊！”

一个年龄不大的女青年挤到了人群中央，看了看开口道："大哥，能便宜点吗？五百块真的太贵了，我想给家人一人买一个。"

肥胖男："贵吗？到时候你被感染到就不嫌贵了，不买拉倒，有的是人买。"

人群中有些人抗议。

"你这是发国难财，太不是人了。"

"就是啊，一个口罩卖五百，一瓶消毒水卖五百，太过分了！到时候猪瘟要是扩散开了，你也逃不掉啊。"

肥胖男骂骂咧咧："老子赚的就是这钱，你有本事别买，大难临头各自赚。"

我放下手中的碗筷，看了一眼那个因为买不起口罩而有些啜泣的女青年。

我看到了她的命运。

她家里经济很困难，能够说服家里人给她钱出来买口罩已经很不容易了，花费五百实在没法交代。她只能用所有钱买了一个口罩给弟弟戴上，最后一家人还是不幸染上了猪瘟。

不一会儿天价口罩就被抢了个干净，然后肥胖男站在原地，数着大把大把的钞票，嘴里还念叨着："这怪不了别人，谁都是为了赚钱而已。"

我又透过他那恶心的头颅看到了他的生命记录，前些天猪瘟爆发，他事先去小镇的医院买下了所有的口罩和消毒水，然后今天拿出来翻了几十倍售卖。

真是恶心。

我本可以现在就拿起笔记录下我所检验出来的肮脏灵魂，但是这次我改了主意。

我看着他离开摊位，又走回家。

第一天，他去买包子，我动了动手，包子的价格变成了一万块，他不敢相信，离开了。

第二天，他去买盒饭，我动了动手，盒饭的价格变成了两万块，他在原地骂骂咧咧很久，饿得头发昏。

第七天，他还是没有吃饭，拄着拐杖到了饭店里，看到了我准备好的菜单，十万块一顿。

“你……你还是人吗？民以食为天，十万块一顿的饭，谁吃得起？”

我站在柜台后，礼貌微笑：“先生，钱重要还是命重要？”

“我求求你了，便宜一点。”

“你不买，有的是人买。”

“到底为什么？一夜之间饭变得那么贵。没饭，人活不了，这钱你不能赚。”

“先生，你有本事别买。”

他听着这熟悉的台词，似乎意识到了什么，最后还是因为饥饿倒在了地上奄奄一息。

我满意地拿出本子，记录下了这个肮脏的灵魂。

不合格。

不一会儿，总部的惩罚来了。

我看着那奄奄一息的灵魂最终飘落在了价格牌上。

我勾起嘴角，手一挥。

我所站的这个饭店化为虚影，此时的我站在了他的那个摊点的位置。

我拿着那个价格牌，把上面的五百改成了免费发放。

周围排起长队，我看着那个肥胖男，哦，不，他现在是价格牌。

他忍受着无尽的饥饿，看着别人欢笑着拿走口罩和消毒水。

人人都戴上了口罩，我把价格牌扔进了垃圾堆。

我说："这牌子还能卖破烂，到时候焚烧了，还能做成有用的肥料。"

我看着牌子上的灵魂惊恐地摇头。

我蹲下来，开口。

"这怪不了别人，谁都是为了赚钱而已。"

第五个灵魂——

这个灵魂是我在火车站见到的。

"太太，您不能出去，目前您有疹了，出去会传染别人。"工作人员好心相劝。

那个女人高高瘦瘦，看起来四十多岁，脖子上戴着夸张的珍珠项链，嘴里还嚼着汉堡。

"凭什么不让我回家？我过年好不容易回去一趟。我这不是疹子，是蚊子咬的。"

"太太，为了别人的安全，请您尽快跟我过来全面检查。"

"把你们领导喊过来，怎么办事的？难不成因为你怀疑我，我就不回去了？开什么玩笑，别四处造谣。"

工作人员有些为难："我知道您不一定就是那种疹子，但是现在全国很多病例，我怕万一……”

“你都说了万一了，我凭什么为了别人牺牲自己啊？再说了，不就是疹子嘛。”

那女人直接推开了工作人员，走进了火车。

我看到了她的命运，这次，她出去了，然后带着疹子，感染了很多人。

我皱眉，看到了她灵魂深处的自私和肮脏，她接受过的有限的教育让她只顾自己的安危。

为了阻止这一切，我提笔重重记录下了这个女人的灵魂。

不合格。

随后，总部的决定下来了。

我看着女人的灵魂飘向了远方，我跟了过去，看到她的灵魂最终落在了隔离中心的隔离服上。

隔离服里是一个满身都是疹子的重症患者，看起来十分吓人。

隔离服上，女人的灵魂在不断干呕。可是作为隔离服，她却只能无限贴近疹子，隔开外界和患者。

不出意外的话，她会好好地跟着隔离服，经历一个又一个患者，直到最后失去作用被销毁。

我看着满脸恶心的她的灵魂，笑着说：“没关系，不就是疹子嘛。”

第六个灵魂——

“大块吃肉，大口喝酒，赛过神仙，能活九九！这玩意可是大补。”一个黄金牙的男人酒气熏天，把一块野味放在了儿子的碗里。

他儿子七八岁的样子，看到碗里没有见过的肉，下意识地皱眉。

“爸爸，老师说，鸭子、鸡、猪猪这样的家禽可以吃，别的动物要保护，有的动物身上还会有病毒，不干净。”儿子摇了摇头。

“别听你老师放屁，她懂什么？这些都是好东西，贵着呢，那些穷鬼吃不起才这么说。一会儿爸爸还得发个朋友圈，晒一晒。”黄金牙挥了挥手。

他儿子皱着眉头，跑去了旁边。

我看透了那个黄金牙的灵魂。

真脏。

从小的物质缺少会让人格外贪婪，一旦有钱就大把挥霍，非要做一些“与众不同”的事情才能彰显自己，从中获得卑微的满足感。

这个大金牙就是例子。

我又看了一眼这个以所谓的“野味”出名的饭店，一阵干呕。

后厨隐蔽的地方关押着各种各样的野生动物，而显眼的地方关着一些鸡，这是用来应付上面检查的。

这里每个人的脸上都写满了贪婪，写满了对大自然的不尊敬，写满了无知和恶心的虚荣心。

那群被关押着的公鸡，因为吃了客人剩下的菜，而接触到了不同的细菌。

属于自然的规律被打破，很多鸡的鸡冠上出现了绿色的东西，很明显是因为吃了不该吃的食物，而且它们看起来十分难受。

只不过那些人并不会在意鸡的感受，更不会在意被杀死的野生动物的感受。

我提笔记录下这些灵魂。

总部行动。

看着黄金牙的灵魂飘起来，我有些好奇他会被总部关押在哪里。

那肮脏的灵魂飘向了后厨，最终落在了变异的鸡身上。

包括饭店的老板和老板娘，他们也被分配到了鸡身上。

变异的感觉真不好受，从他们扭曲的表情上我就能看出来。

可是没办法的，灵魂一旦被处罚，就是一辈子。

他们自作孽而已。

我抱起那个孩子，又转身放了那些无辜的动物。

附身在变异鸡上的黄金牙灵魂不断嘶吼，可是没有用，因为别人看来，他只是只不断鸣叫的奇怪的鸡罢了。

我笑着，把鸡粮塞到了他的嘴巴里，然后说。

“大块吃肉，大口喝酒，赛过神仙，能活几几。”

我是人间的灵魂体检师。

你的灵魂，经得起检查吗？

WO BEI YUE LAO WEI XIE LE

我被月老威胁了

⑪

1.

月老最近想辞职了，真的想辞职。不是因为薪水问题，也不是因为没有休假，而是因为业绩真的完不成。

事情是这样的，凡间有个女人叫白晓，到了邂逅爱情的年纪，可是他牵线牵了一百八十次，都被对方硬生生给拽断了。

例如，他安排一个男人和白晓一起打游戏，本来可以组成浪漫搭档，谁知道她把人家骂自闭了。

例如，他安排一个男人的钱包被白晓捡到，本来可以顺势开始约会，谁知道她把钱包还给人家转头就走。

再例如，他安排白晓中了一个浪漫双人旅行大奖，对面是一个陌生小伙，本以为白晓可以因此脱单，谁知道她竟然转手把大奖卖了。

这下可愁坏了月老，如果完不成这个任务，上面肯定要怪罪的。

他气得连夜现身，走到那个正在电脑面前打游戏的女人面前，劈头盖脸就是一顿训。

月老："你知不知道我让你捡到钱包有多困难？你知不知道我让你中大奖有多困难？"

白晓看着眼前突然出现的男子一脸惊讶："你是？"

月老走到沙发旁边坐了下来，拿起水杯，不客气地喝了起来：“我是神仙。”

白晓沉默了一下：“您就是我的吉祥物？”

月老：“什么？”

白晓：“我就说我为什么那么幸运，这两天又捡钱包又中大奖，一定有吉祥物。”

果然，吉人自有天相。

月老：“……”

月老：“我不是吉祥物，是神仙。”

白晓：“你是神仙？你认识月老吗？能帮我问问他为什么不给我牵线吗？我都单身多久了？”

月老无语：“我就是月老。”

白晓：“那你为什么不给我牵线？”

月老：“我给你牵钢筋都被你拧断了。”

白晓：“……”

所以，这是真的。月老出现在自己家里也就算了，竟然是因为自己太难牵线？

白晓探头看了一眼镜子里的自己，也没那么糟糕吧？无非就是蓬头垢面、皮肤粗糙、一身迪士尼卡通睡衣……

好吧，她承认这很糟糕。

2.

接下来，白晓对这个突然前来的月老进行了彻底的盘问，在确定他不是新型诈骗犯并且长得很帅之后，才渐渐安下心来。

生活中突然出现了个月老，这谁能顶得住？

而且还是这么帅的月老。

毫不夸张地说，眼前这个男人，比当红男明星的颜值都要高上很多，那双桃花眼让人光是注视着就脸红心跳。

月老先是在白晓的出租屋里彻头彻尾地巡视了一遍，最后一脸无奈地开始收拾屋子里的外卖盒。然后，他从包里拿出了一套被褥。

白晓："你这是做什么？我对神仙不感兴趣。"

月老接着铺床："我要留在这里亲自给你牵线，这次我多绑几根钢筋，这个月一定让你脱单。"

啊？

所以，她要和月老同居了？

月老又补充道："有什么要问的可以抓紧问，时间紧任务重，马上计划就要开始了。"

白晓看了一眼面前这个身高体壮的男人，然后开口问："现在的月老都这么帅了吗？"

月老："……"

月老铺床的时候顺便瞄了一眼白晓的床。

"现在，立刻，马上，把这个床单给我换成粉色的！你能不能像女孩子一点？"

白晓手足无措。

怎么？她原本怪物史莱克的床单不够可爱吗？

月老："……"

为了让白晓脱单，他这个月老是使出了一百八十种手段，可是全部被白晓给抵挡了。

所以他决定，从问题的本身来解决问题，并且用小本子列下了详细的计划。

计划第一步，教会白晓做饭。

“这个啊，往里面放。菜谱上不是写得清清楚楚吗？你到底在干什么？不要走神啊！”月老怒吼。

白晓右手拿着锅铲，左手捏着锅盖，被熏得直咳嗽。

这也太为难她了，要知道她吃饭就没离开过外卖软件。

“你别着急啊，我不是新手嘛，这不是做得很好吗？”白晓一边咳嗽着，一边挥动铲子，不想让自己的形象在月老面前崩塌。

月老看着锅里黑漆漆的肉块，嘴角抽搐。

“你这怕不是第一次下厨，这是第一次使用这双手吧？”

白晓：“……”

在月老整整两个小时的悉心教导下，白晓终于成功地……把厨房烧了。

两个人站在冒烟的厨房外，月老瞥了一眼身旁的白晓。

“看什么啊？你行你上。”

月老撸起袖子走了进去。二十分钟后，一道精致的糖醋里脊和一碗卖相好看的蛋花汤被端上了桌。

白晓看着桌子上的菜，咽了一下口水：“你们神仙竟然也会做饭。”

看这厨艺，没有几十年一定达不成。

不过想想也对，天庭的人都活得时间长，那么也就是说锻炼厨艺的机会有很多。

“你这是拿手好菜吧？太好吃了。”白晓的嘴里塞满了糖醋里脊，说完她又喝了一口蛋花汤。

“第一次做。”

白晓：“啊？”

“这不是有手就行吗？”

“……”

计划第二步，让白晓成为小富婆。

俗话说，有钱能使鬼推磨。换句话说，有钱也能使对象眼瞎。

所以，从根源上解决问题，还是得改变一下白晓的贫穷现状。

“这张彩票你可拿好了，晚上七点就去彩票站领奖。”月老躺在沙发上，一边吃薯片一边看电视。

然而白晓的心思却全都在月老手里的薯片上。

薯片啊！她心心念念却因为减肥不舍得吃的薯片啊，就这么壮烈牺牲了。

“不用感谢我，我和财神是哥们儿，这都是小事情。”月老把最后几片薯片倒进了嘴里。

白晓满脸黑线，她的眼神难道很像是“感谢”吗？

月老瞥了一眼旁边。

只要他不说，就没人知道他求了财神两个晚上吧？

傍晚六点半，就在月老在家里等着白晓暴富归来的时候，却看到了一脸眼泪的身影。

“你……”月老不知所措。

“彩票丢了……”白晓声音很小。

月老惊坐起来，看着白晓，下一秒直接站起身拿着自己的衣服，朝着门外走去。

“别走啊！我还有救。你要是回天庭了，我怎么吃糖醋里脊？”白晓心心念念的都是那份比五星级饭店里卖的还美味的糖醋里脊。

“去给你找彩票啊，什么糖醋里脊？”

“哦。”

半个小时后，月老在白晓经常走的三条路上反反复复找了三遍，可是硬是没有见到一张纸片。

最后两个人坐在路牙石边。

“对不起嘛，今天主管污蔑我偷了公司的珠宝，当众把我的包翻了个底朝天，可能是那个时候掉了。”白晓低着头。

“五百万啊！”月老挠头。

“你不是和财神是兄弟嘛，要不……”

“停止你的要不。”月老打断她。

他可不想再看一次财神的臭脸。

“走吧。”月老站起身拍拍衣服。

白晓跟在后面：“干吗去啊？”

“帮你教训一下那个主管呗。”

不得不说，月老就是月老，神仙就是不一样。

白晓看着月老把主管三年内的姻缘线全部剪断了，顺便还在主管门口守了半个小时，拦住她让她向白晓道歉。

为了表示感谢，白晓拿出自己的工资，请月老吃了一顿烧烤。

“吃吧，这可是人间美味。”白晓一口一个猪腰子。

月老嘴角抽搐，哪有女孩子这么吃的?

“快吃，很好吃的。”

于是一个晚上，月老吃了三个猪腰子。

第二天，月老成功拉了一整天肚子。

计划第三步，让白晓养个小宠物，让她变得可爱一点。

都说小狗能激发女生的母爱，为此月老特意带着白晓去宠物店挑选宠物。

一进宠物店，年轻女店员看到月老便双眼放光地凑了过来："想看看什么啊？我们这里什么宠物都有的。"

就在月老纠结是给白晓挑可爱的泰迪还是精致的博美的时候……

"就它了吧，真可爱。"

月老转头，看到白晓怀里抱着一只……哈士奇。

就这样，月老付了钱，一脸黑线地走出了宠物店："你这什么眼光？我不在人间都知道这狗拆家又不讲理。"

"你管呢！我会照顾好它的。"白晓哼了一声。

月老看着眼前的一人一狗，不得不说，狗还真是和主人一模一样，拆家又不讲理。

本来觉得反正是她养狗，选什么品种都无所谓。谁知道，月老给自己找了个大麻烦。

狗狗随地大小便，白晓就在电脑桌旁边打游戏，害得月老忙前忙后。

狗狗磨牙期把沙发拆了，白晓不以为意，强迫症月老自己掏腰包买了一个全新的沙发亲自搬上楼。

总之，白晓有没有变得可爱月老不知道，反正他自己是真的"可爱"了。

月老围着围裙抱着狗："脱单计划实施这么长时间了，你总结出什么没？"

白晓若有所思："有。"

就在月老以为她终于意识到自己的问题的时候……

白晓："你又会做饭又会挣钱还会照顾宠物，真是个男朋友的好人选。"

这话吓得月老睡觉的时候都关紧了自己的房门。

3.

自从上次守在门口教训过自己的顶头上司之后，白晓成功被辞退了，不过她很快找到了新工作。

新工作职位是秘书，但她的老板不是多金的霸道总裁，而是自己大学时候的情敌，当初两个人可以说是明里暗里全都过不去。谁知道一毕业，人家继承了家里的公司，她碰巧去应聘了人家的秘书。

狭路相逢，富者胜。

所以白晓天天生活在水深火热当中，被自己的女老板随意使唤，还要被她笑话单身。

谁说她不想脱单的？她是真的想，但是看到那些男人就没有什么想法了。

不过最近她倒是觉得月老不错。

白晓抱着狗子坐在沙发上，看着厨房里那个忙前忙后的男人。

嗯，他帅是真的帅，高是真的高，耐心是真的有。

不一会儿，色香味俱全的饭菜就被摆上了桌。

白晓趁机问："你经验丰富，你说说，追男生该怎么追啊？"

月老："怎么？遇到心动的男生了？"

白晓点了点头，又摇了摇头。

月老把鸡腿夹到了自己的碗里："你少吃点，太胖了红线容易断。"

白晓："……"

至于到底怎么追男生嘛，月老还是没有教她。

傍晚，刷完碗，月老从厨房出来，刚好看到穿着浴衣从卫生间走出的白晓。

他站在原地。

不得不说，其实这个女人的姿色还不错，身材也算是一等，特别是皮肤，好像不用护理也足够水润。

这人间的男人眼光真差，这种女人竟然还能被剩下……

"干什么啊你？都说了别在沙发这尿尿，要尿就去月老房里，怎么回事？"白晓扯开哈士奇。

月老："……"

他现在收回刚才的评价还来得及吧？

白晓坐在沙发上，一旁的月老还在钻研如何给她找对象的事情，他看着自己的小本子，这计划可谓是全面失败。

难办啊！

"你知道我的那个女上司吗？我俩本来就是冤家，大学的时候她喜欢的男生一直在追我。我明明很明确地拒绝了，但是他还是喜欢我，这让我怎么办吗？结果她就记恨我到现在。"白晓吃着薯片道。

月老住在这里这些天，她已经完全放弃身材管理了，每天吃着五星级酒店水准的饭菜，这点薯片的热量自然也就不放在心上了。

反正月老都在她家定居了，她难道还需要管理身材，就为了去找对象吗？

这么想着，又有几片薯片被她扔进了嘴里。

“那个上司总为难你？”月老皱起眉头，合上了他的小本子。

“对啊，最近还让我去出差呢，最苦的差事永远都是我的。”白晓愁眉苦脸，“要好多天吃不上你做的糖醋里脊了。”

月老：“……”

这女人，到底什么时候才能不一心全都是吃的？

第二天，白晓早早地收拾好东西去了机场。

倒不是她积极，而是女老板为了为难她，特意订了清晨的航班。

就在准备登机的时候，白晓突然听到了广播。

“请白晓女士到服务台，您的糖醋里脊先生正在服务台等您。请白晓女士到服务台，您的糖醋里脊先生……”

啊？糖醋里脊先生？

白晓顿时想到了月老。等她一脸无奈地跑到服务台，果然看到了拎着一个巨大背包的月老。

“你不是还在睡觉吗？这么早，来这里干什么？”白晓看着月老，她依稀记得她离开家的时候月老还在睡觉。

“我根本没睡好吧？拿着。”月老无奈。

白晓粗心大意的毛病不知道什么时候才能改掉，要知道他可是从昨晚十二点就开始做糖醋里脊，这才把几天的饭菜全准备好装在每个饭盒里。

谁知道一抬头的工夫，白晓就出门了，连看都没看自己一眼。

“原来你没睡啊？我可能出门太着急了，没看到你。”白晓打开包，看到了一个又一个的饭盒，上面还贴了日期。

“记住，到了那边，先把这些饭盒放在冰箱里。然后按照日期，吃的时候放在微波炉里热一下就可以了。微波炉会用吧？就是……”

“知道啦，知道啦。”白晓嘟着嘴巴，内心却一阵感动。

“白晓，你男朋友蛮帅的嘛，还大早上给你送饭，真是甜蜜啊小两口儿。”

同事坐在白晓的旁边，一脸的羡慕。

“说真的，你男朋友简直比明星还要好看。”

“那不是我男朋友啦。”白晓倒是脸红了，可是想了半天也不知道该怎么介绍月老的身份。

她总不能告诉同事，他不是人而是神仙吧？

飞机一路飞到了目的地。白晓到了酒店后的第一件事就是把吃的全都放进了冰箱里。

然后她打通月老的电话，他那边因为时差，还在深夜。

“你怎么没睡啊？”

“不困。”月老刚说完，就打了个哈欠。

口是心非，他明明就是困得要死还在等自己的电话。

4.

白晓在外地待的第五天。

因为白晓每天晚上都给月老打电话汇报情况，一起出差的同事们都已经默认月老就是白晓的男朋友了，而她也懒得一个个解释。

其实，打电话是因为月老要求她每天汇报自己身边的情况，看看脱单计划有没有进展。

哪有什么进展啊？她身边连个雄性动物都没有，更别说男人了。

“都说了没有，没有任何男人要我微信，也没有人请我吃饭。”白晓一脸无奈。

她这根本不像是汇报情况，更像是在安抚吃醋的小男友。

“你男朋友真的很爱吃醋哦。”同事从卫生间出来，满脸坏笑。

“是哦。”白晓懒得解释，尴尬一笑。

“对了，今天有个人向我打听你的微信，我虽然给了，但是也交代了对方，你的男朋友很爱吃醋。”

“什么？”

意思是，她有桃花运了？

白晓连忙把这个消息发给了月老，本以为他会十分激动，觉得自己终于要完成任务了，没想到那边回应很冷淡。

月老：“哦，睡了。”

白晓：“……”

虽然月老很冷漠，但是白晓还是很激动，特别是在深夜十二点在微信上看到有一个好友申请的时候。

但是，看着聊天框，白晓却愣住了。

自由的风：“你好，我叫顾风。”

顾风？

白晓记得这个名字，他就是自己和老板闹矛盾的根源，当初那个对自己穷追不舍的男生。

难道自己命中注定的姻缘就是他？兜兜转转，两人最后竟然还是遇到了。

白晓难得失眠，却怎么都想不通为什么自己这辈子就顾风这么一个追求者，而且还是自己毫不心动的那种。

一大早，同事就把白晓喊了起来："你知道吗？公司要派来一个超级厉害的同事帮我们谈合同。真的，而且听说很帅呢。"

"很厉害的同事？"白晓睡眼惺忪。

"对的，听说一来就是主管。"

"主管？"白晓皱眉。

难道是因为她来公司的时间不长，所以从来没有听说过公司还有什么主管吗？

就在这时，同事强行把白晓拉了起来："走啦，听说已经快到了，提前起来化化妆。"

白晓极其不情愿地起床，顺便给月老发了信息。

"今天听说有个很帅的主管来帮我们谈合同。"

月老很快就回了信息："好好把握机会，重点是很帅。"

她回了个奋斗的表情。

白晓收拾妥当，到了酒店楼下准备迎接主管，却发现主管好像已经到了，因为自己的同事都一脸痴迷地围着前台前的那个穿黑西装的男人。

等到走近一点，她就听到了同事的话。

"主管，你果然很帅。听说你这次还是主动来帮我们的，你人真好。"

"是啊是啊，而且还拎了那么多礼物，真是体恤员工。"

白晓不得不佩服这些人拍马屁的功力，原本对于这个帅主管的期待也一扫而空，然而下一秒……

月老？！

当白晓看清人群中的那个西装男的时候，顿时瞪大了眼睛，她万万没想到这个主管竟然就是月老！

有没有搞错，主管？

他明明是一个无业游民……哦，不……无业游神仙才对。

什么鬼啊？

自己才离开短短几天，这家伙就变成公司主管了？他怕不是又求了哪路神仙吧？

就在白晓惊愕的时候，耳边突然传来了月老的声音：“我怕那些饭会坏，所以又送来了一批。”

旁边的同事目瞪口呆，就这么看着白晓和这位新主管。

另外一个同事恍然大悟：“我就说这主管怎么看着这么眼熟，这不就是你男朋友吗？白晓，你不够义气啊！男朋友年轻有为还帅气，都不告诉我们。”

“我……”白晓不知道该怎么解释，索性直接拉着月老离开，来到了走廊的小角落。

“你怎么来了？而且主管是怎么回事？难不成你把真正的主管杀了，然后……”想到这，白晓立刻想象出了一整部凶杀案小说。

“怎么可能？”月老无奈。

“那是怎么回事？你总不能是靠着短短五天就应聘成功，还从小员工做到了主管的位置吧？”

“很难吗？”月老耸肩。

白晓：“……”

“我本来想去会一会你们那个女上司，结果应聘直接通过了，而且因为工作做得好，一路升职到了现在这个位置。我怕你自己生活不能自理，这才主动过来看看你。”

这话，似乎没毛病。

白晓还是不敢相信，竟然有人短短五天就当上了主管。

直到回到房间门口，白晓还在怀疑他到底是不是出卖了自己。

推开房间门，白晓看到了正在收拾东西的同事。

这是个双人间，原本是她和一个同事一起住在里面的，现在是怎么了？

“主管说了，他住你这里，我去隔壁的豪华套间，先走啦。”同事看起来没有丝毫不舍。

同事转头看向拎着行李箱的月老，月老一脸笑意：“还满意吧？豪华套房，就在隔壁。”

“满意满意，祝你们过得愉快。”同事的笑意味深长。

“什么啊？”还没等白晓反应过来，同事就一溜烟地跑走了。

“怎么了？”月老优哉游哉地打开门，推着自己的行李走了进去，“我得时刻监督着你的进度。”

白晓一脸无奈，只能跟着走了进去。

在家里倒还好，但是这次的房间是一个双人大床房，而且周围的灯光有些暧昧，瞬间，气氛就不怎么对了。

“月老，你要不还是去隔壁住好了。”白晓有些尴尬。

“你都告诉他们我是你男朋友了，我住在这怕什么？”月老洁癖又犯了，在房间里走来走去打扫卫生。

白晓拆开一盒糖醋里脊，开始往嘴里塞。

就在这个时候，房门突然被敲响。

“请进。”白晓开口。

然而，推门走进来的竟然是一个有些眼熟的人，好像是顾风？

“你……”多年未见，白晓竟然一时不知道说些什么。

顾风看了一眼房间里的月老：“这位是？”

“你是谁？”月老放下了手中的拖把，满脸警惕地看着面前的男人。

“我是白晓的大学同学，听说她来我的城市了，所以就……”顾风看着白晓，刚想再说一句，下一秒……

月老直接搂住了白晓的肩膀。

顾风的眼底闪过暗淡。

“好的，既然是这样的话我就知道了。”说完，顾风转身离去。

白晓愣在原地，刚才……月老是亲手把自己的姻缘剪断了吗？

“我……”月老脸红了，搭在她肩膀上的手也突然缩了一下，然后拍了拍她，“我是看你这里有灰，想要拍拍，谁知道他误会了。”

白晓点了点头。

“那你今晚准备睡在哪里啊？这里可就一张床。”白晓抿了抿嘴，开口。

“神仙可不能睡地板。”月老倒是不客气，直接把自己的枕头放在了床上。

“那你的意思是，我睡在地板上？我可是女生啊！”

“哦，原来你是女生啊？”

“……”

5.

在外地的几天，月老对白晓可谓是保姆式照顾，无论任何事情都安排得妥妥当当。

例如，他一日三餐都把饭准备好了放在白晓的面前，绝不允许白晓吃外面点的外卖，还美其名曰：“只有管理好身材，才能有好市场。”

例如每天早上他都会准时喊白晓起床晨跑，理由也是身材管理。

而在谈合同的时候，更是不让白晓在客户面前喝一口酒。

大家都在称赞白晓有个模范好男友。

然而只有她自己知道，这只不过是个为了业绩达标而待在自己身边的月老罢了。

因为拿下了单子，所以几个同事一起组织了饭局。

大家都围坐在一起，点了很多爱吃的菜，而月老则默默地把自己准备好的糖醋里脊放在了白晓的面前。

白晓刚好嘴瘾犯了，看到送上门的糖醋里脊，立刻开始狼吞虎咽起来。

酒过三巡，白晓红着脸，敲了敲月老的肩膀，眼神有些蒙胧。

“月老啊，你说到底怎么样才能脱单？你们男生到底喜欢什么样的女生啊？”

月老想了想，然后开口：“从细节入手吧，例如，帮着盖个被子什么的。”

白晓若有所思地点了点头。

“快把白晓带回去吧，今天她可是喝了不少酒。”同事看着月老把白晓背了起来。

月老经过不懈努力，连拉带拽，终于把她安置在了床上。

深夜，月老突然身体一凉，猛地睁开眼睛，发现自己的被子被白晓掀开了。

月老心里浮起三个问号。

白晓："不是要盖被子嘛，但是你都盖好了，我不掀开怎么再给你盖上？"

月老心里又有三个问号冒出来。

白晓："唉，追男生真难，我还是放弃吧。"

说完一个翻身，她竟然准备继续睡去。

月老连忙站起身直接拉住了她："别放弃啊，你再试试看。"

他脸红了。

6.

等两人回到家里的时候，已经是一周后了。

周末，白晓的女老板专门来折腾白晓，敲门之后竟然是一个男人开了门。

男人围着围裙，手里拿着铲子。

"我的主管？你怎么在这啊？你……"

女老板之所以让月老一路升职，无疑也是对他有企图的。

白晓从后面卧室出来，暗暗觉得事情不妙，自己好像又要和她成为情敌了。

女老板娇羞一笑："早知道你在这里，我就拎着点东西来了。"

月老一脸冷漠，转头看向白晓："一直忘记问你了，这就是欺负你的那个女老板吧？"

白晓点点头。

月老把门甩上了。

门外传来女老板尖锐的声音："喂！你俩工作还想不想要了？竟然把老板关在门外！"

月老拍拍手："不要了，我养得起。"

然后转头对着白晓说："有空我给她牵个强势点的男人的线，让对方杀杀她的锐气。"

白晓笑了，果然有神仙撑腰就是不一样。

情人节那天，白晓一回家就看到了一脸笑容的月老。

白晓："你笑什么？"

月老："你真是'钢铁直女'啊！今天我安排了一个小哥哥过去找你，想要一起凑第二杯半价，结果你说，你一个人能喝两杯？"

白晓哼了一声，转身把一杯奶茶放在了桌子上："给你留的，现在还想着给我牵线呢。"

月老拿起奶茶喝了一口："不是牵线，是考验我自己的女朋友。"

白晓："谁要做你女朋友？"

月老："你要是不同意，我就这辈子都不给你牵线。"

白晓："你威胁我？你以为我会中计吗？"

月老："嗯？"

白晓："算了吧，恭喜你，威胁成功了。"

XIN XIN SHI JIE

新新世界

01

1.

“小姐，如果你喜欢我，可以要微信，不用这么直接地强吻吧？”

面前这个男人一脸嫌弃地看着我。

我擦了擦嘴角的口水，站了起来。

到底该怎么解释，其实……我是馋他的其他方面?

2.

这是我成为“再生人”的第三百二十天。

我饿了。

于是我化了个简单的妆，穿着小裙子去了餐厅。

接下来的情节大家已经知道了，我遇到了罗杨，并且对他的脑子一见钟情。

哦，不，一“嗅”钟情。

对了，现在的“再生人”是合法的，也是有“再生人”证的。所谓的“再生人”证就像是身份证一样，上面印了姓名、住址、成为“再生人”的时间等。

其实刚开始我也不愿意成为“再生人”的，可是挨家挨户来宣传的科研人员最终还是说服了我。

“小姐，现在成为‘再生人’，已经是年轻人的潮流了，只需要喝下药水，毫无痛苦。”科研人员像极了推销保险的。

“我不。”

“如果你担心外貌问题也没事，成为‘再生人’不会变丑。这是新型‘再生人’技术，完全保留你的美貌，只是会变得更白而已。你可以理解为，冷白皮。”科研人员继续笑嘻嘻。

“我不，快走开，我还在做饭。”

“现在办理‘再生人’套餐，每个月加送您营养脑餐哦。”

“……”老实说，我真怀疑这人是从某移动跳槽来的。

“对了，成为‘再生人’，还能在改装脑子的过程中，让我们程序员帮您删掉想删掉的记忆哦。”

“嗯？”我停下手中的铲子。

有点意思。

虽然现在的我已经不记得当初让程序员清除的是什么记忆了，但是记得，我是因为这最不起眼的一个条件，同意这次改装的。

过程很简单，短短半个小时，我成了肤白若雪的“再生人”。

至于改变嘛……

其实也没什么。

就是身材更高挑了一些，某些部位还二次发育了一下，行动也更敏捷了。

眼睛变成了蓝色，倒省得我戴美瞳了。

口味也变了，我不爱炸鸡、汉堡、火锅了，开始爱各种脑子，什么猪脑、鸡脑、鸭脑，看着就馋。

还有其他的脑子嘛……

我也想过。

但是科研人员交代了，这个不能吃，吃了就会被当成坏“再生人”关起来。

我当然知道不能吃，无非就是忍忍嘛。

成为“再生人”的我，搬到了一个新城市，还换了个名字——阿若。

而今天，就是我搬家来到这里的日子。

这个城市，是人与“再生人”共存的地域，大家都很和谐。这些年，甚至还有不少混血宝宝出生。

最主要的是，这里没有那种烦人的钢琴声。

忘记说了，其实促使我搬家最大的原因就是隔壁的钢琴声。

也不知道是我自己的原因，还是所有“再生人”都一样，一听到那个钢琴声，我就全身不舒服。

索性，我搬家。

3.

我回过神来，突然想起来眼前的事情还没处理。

“帅哥，不好意思，你太香了，我差点没控制住。”我嬉皮笑脸，但是面前这个人显然有些生气。

他长得很帅气，有点大明星的感觉，穿着西装，眼睛是蓝色的，应该也是个刚变异不久的“再生人”。

“香？现在搭讪理由都这么奇怪了吗？”那个人嫌弃地看了我一眼，但是又突然好像想到了什么一样，瞪大了眼睛，“等下，你刚才，碰到我的皮肤了？”

“准确地说，是你太香了，我凑过去闻，你刚好转头，我们的嘴巴就不小心碰到了一起。”我解释。

“我竟然，没过敏？”那个人好像发现了什么新大陆一样，高兴地直接站了起来。

他拉着我坐下，又用手指小心翼翼地碰了下我的胳膊，确定没事，又笑得像个孩子。

“我叫罗杨，你呢？”

“阿若。”

我们坐在餐厅聊了一下午。

罗杨确实是刚变异不久的“再生人”，而他变异的原因，是想要用这个方法治病。

罗杨的病很奇怪，他对人的皮肤过敏，一旦碰到任何人的皮肤，都会浑身起红疹子。

医生说这是心理疾病，没办法治愈。

所以，他就成了“再生人”，没想到，病真的好了。

我有些好奇，问了句：“那你记不记得，你当时改装脑子的时候，清除什么记忆了？”

“都清除了，怎么能记得？”

是哦，也对。

人啊，就是这样。

那么想忘记的东西，等到真的忘记了，却又很想记起来。

我摇摇头，拎着一袋子猪脑回去了。

4.

房东告诉我，这个房子是合租，租客是个帅哥，为此我特意打扮了很久，直到看到了……

“罗杨？”

我吃惊。

他脑子那么香，还和我住在一起？这不是引诱我……

旁边的房东拍了拍我。

“姐妹，帅是帅，不至于流口水吧？”

“……”

就这样，我和罗杨住在了一起。他有一点洁癖，不怎么爱吃脑子，反而有点喜欢吃汉堡。

但是按照规定，“再生人”是不能吃汉堡的，不然很有可能变回人类。

也不知道是不是他没改造完全，反正，我自己是很喜欢吃脑子。

我无“脑”不欢。

有一说一，罗杨实在太香了，为此我调查了不少资料。

原来，越聪明的人就越香。

吃饭的时候，我打趣说：“罗杨，你还是人的时候一定是个天才，不然不可能这么香。”

他愣了一下，道：“对，我IQ186，从小到大，数学没有丢过一分。”

“那你岂不是国家栋梁？”

“没，我最后做了钢琴老师。”

“钢琴？”我愣住。

“怎么了？”

“没什么。那你为什么做钢琴老师啊？”

“最奇怪的就是这个，我忘记了。可能这就是我当时选择清除的记忆吧。”

我点点头。

自此，关于当人的事情，我们再也没提过。

在罗杨生日那天，我送了他一个汉堡。

因为他一直都很想吃汉堡，为了给他解解馋，我就偷跑去人类餐厅买了个。

“可以嘛，良心发现了？”虽然罗杨嘴硬，但看得出来他还是很喜欢的。

傍晚，我听到了他吃汉堡的声音。

第二天，我刚想敲他的房门，问问汉堡的味道怎么样，却看到他一脸憔悴地走出来。

“咋了？”我问。

“没睡好。”

“汉堡好吃到失眠了？”我笑着调侃，但看向他的时候，却不再说话了。

罗杨哭了。

5.

我特意去问了科研人员，为什么吃了汉堡会这样？

科研人员说不知道，吃了汉堡应该只会回想起当人的时候的事情才对。

我有点蒙，回到出租屋的时候，已经是晚上了。

结果我一打开灯，就看到罗杨单膝跪地，向我求婚。

“我知道自己为什么那么喜欢和你待在一起了，也想起来钢琴的事情了，更知道我那个病是为何了。阿若，相信我，我们作为人的时候就是爱人，现在我希望也是。”

我愣住。

其实我也很喜欢他，但是这突然的发展让我有点措手不及。

“给我一晚上考虑。”我关上了房门。

然后，我拿出了那个在回来的路上偷买的汉堡，一口一口吃下。

6.

罗杨没有骗我。

我们真的是情侣，但是，是在我十八岁之前。

我们青梅竹马，两小无猜，还是彼此的初恋。

他是有钱人从孤儿院领养的天才孤儿，我是一个普通家庭里的孩子。

他爸妈很宠他。

而我不一样。

十七岁那年，我被保送到了最好的大学，但爸妈拒绝让我去读，而是逼着我留下来打工，赚钱供弟弟上学。

至于怎么逼的……

很简单，他们从小到大一直用的招数罢了——站在楼顶，扬言要跳楼。

“这好歹是生你养你的爸妈啊。”

“你这孩子太不孝顺了，女孩子家家的，读什么书啊？”

我妥协了。

二十二岁那年，我白天兼职钢琴老师，晚上去刷碗，供弟弟读书，帮爸妈补贴家用，所有人都夸我真懂事。

而就是这个时候，和我异地恋了四年的罗杨回来了。

他来娶我。

但是随之而来的却是……

“你要远嫁？爸妈养你那么多年，你就这样一走了之？”

“太不孝顺了，你弟弟还没结婚呢，到时候买房怎么办？”

他们又站在了房顶上，逼着我拒绝罗杨。

那天晚上，我们打着电话，隔空一起弹了钢琴。但那通电话，也是最后一次。

二十六岁，我按照爸妈的安排嫁给了一个家庭不错的男的，生了个孩子，辞去工作，全职做家务。

他白天应酬，晚上一言不合，我便遍体鳞伤。

当我拖着满是伤痕的身子回到爸妈那时，却看到他们抱着弟弟的孩子，笑得开心。

而他们见到我后的第一句话，不是关心我脸上的淤青，而是问：“让你帮你弟弟凑的开店的钱凑到了吗？”

“爸妈，我想离婚。”

这句话说出口，我迎来的是无尽的谩骂。

随后他们又跑到阳台，闹着要跳楼。

这次我直接关上了房门。

但是，很快，外面传来了救护车的声音。

后来我才知道，那阳台的栏杆年久失修，他们本想威胁我，却不小心真的跌下去了。

自打那开始，我再也不敢有任何想法，只是每天做饭、洗衣服、送孩子上学。

我的钢琴再也没打开过，上面堆满了孩子的玩具和丈夫的臭袜子。

罗杨给我写过信，但是我不敢打开，我怕我一旦看到熟悉的字，就会忍不住飞奔过去找他。

后来，孩子上了学，我独自在家，门外传来了科研人员的声音。

“想要变成‘再生人’吗？可以在改装大脑的时候忘记想忘掉的记忆哦。”

“好，那就帮我抹掉一切关于罗杨、家人、婚姻的记忆吧，成为‘再生人’，也挺好的。”

7.

我一夜没睡，第二天疲惫地推开房门，看到的是做好饭等着我的罗杨。

“早安，夫人。”

“早安。”

我笑着回应。

8.

一所医院里，众人看着躺在病床上的女人，愁眉不展。

“导师，这就是已经昏迷了好几年的那个病人吗？听说，她没有任何身体疾病，但是就是沉睡不愿醒来，靠着营养液活到现在？”一个实习生对着导师问。

“对的，她活在了自己脑海中的世界里。”医生苦笑，不愿再看，转身离开。

剩下的两个实习生看着病床上的女人，不禁摇头叹息。

甲：“听说，这是导师的初恋，只是当时他们因为什么分开了好多年，导师回来的时候，就发现她陷入昏迷了，好像是做饭的时候突然昏迷。”

乙：“所以，导师就为了她去专攻了医学。”

甲：“真的假的？”

乙：“真的，导师可是天才，IQ186呢。”

甲：“你看，这女人好像很幸福地笑着。”

乙：“导师说，她脑海里有一个全新的世界，她应该是沉浸在幻想的世界里了，不愿意出来。”

甲：“那她为什么会这样啊？”

乙：“谁知道呢？好像是因为爸妈跳楼，太伤心了吧。”

门外的医生早已经泣不成声。

“不知道，你脑海里的世界里，有没有我？”

BAN REN JI

半人姬

02

在二十八世纪的那场大战过后，世界的主宰者换了种族——半人姬。

那是一种人与机器融合的种族，他们左半身是刀枪不入的铁甲，冰凉又没有温度，而右半身则是正常的人类状态。这种半人姬和人类一样生活在地球上，但是与人类不同的是，他们生来便没有任何情感。

任何种族一旦站在世界统治者的位置，都会想去探求自己没有拥有的东西，半人姬也是如此。他们奢求上一代统治者——人类所拥有的那种名为“感情”的东西。

而人类早已经在他们的研究下彻底灭亡。

所以，他们派出了一批半人姬进入了精心研制的时光隧道，送他们回到了二十三世纪——人类发展达到巅峰的时期。而半人姬的目的，就是成为人类。

“这是什么啊？现在为了搏眼球，真的是什么都能发出来了，还那么多跟帖的。”

北姗摇了摇头，点击鼠标关上了电脑的界面，然后拿起咖啡轻抿了一口，接着点开文档，敲击着键盘。

虽然已经深夜十二点，但是北姗还是没有丝毫睡意，只能爬起来把今日的稿件再修改一番。

她是个业余的作家，凭借一本《奇幻世界》在小说网站一炮而红。所有读者都在惊叹她书里描述的那个世界有多神奇，也在不断夸赞着她丰富的想象力。

只是没有人知道，那些根本就不是她想象出来的，而是她亲眼所见。

每到夜晚，一旦进入睡眠，北姗就会看到一些不属于现实生活中的场景，像是梦境但是一切又那么真实。梦里的世界是血红色的，一切都很模糊，周围所有人都戴着面罩，坐在一个空旷的草地上张着嘴说着话。

可是北姗不知道他们说的是什么，因为梦境里的一切都是静音状态。她想要开口询问，却发现自己根本不能动弹，只能被迫地坐在那里。

大概从她有记忆的时候开始，这个梦就一直存在，每晚都是这样，虽然场景不同，但是内容大概一致。有时候北姗还会看到那些戴着面具的人低头啃食着硬邦邦的水泥地，然后抬起头朝着她诡异地笑着。

刚开始的时候，北姗以为人人都会有这样的梦境，可是后来却渐渐发现，只有她有这种梦境，而且是每晚。

刚开始是恐惧，她去看了很多医生，可是却没有查出任何问题，最多就是说她或许是因为小时候家里的问题导致内心有些抑郁，所以夜晚通过梦境来发泄。久而久之，北姗也就学着去忽视这个梦，白天正常地生活，将晚上的事情置之脑后。

但是这些天，梦境里的世界越发清晰了，那种恐惧让她下意识地不敢入睡，所以每天连夜写稿子成了她的习惯。

一阵铃声突然传来，打破了周围的安静。北姗低垂眼眸看了过去，是母亲打来的电话。

“姗姗啊，我就知道你还在熬夜，都几点了还在线，还不早点睡？”照例是母亲的唠叨，北姗也已经习惯了。

“我知道了，妈，我马上就睡。”北姗做梦这件事从未给别人说过，包括母亲。她不想让母亲担心，因为她一个人撑起那么大的家已经很不容易了。

电话那头的人停顿了一下：“妈听说你工作的那家医院最近不太平，你可得注意点，说是太平间的尸体老是莫名其妙地消失。”

“哎呀，妈，你都是从哪里听来的稀奇古怪的说法。我这就睡了，你也早点睡，明天阿鸿不是还得上课嘛。”北姗匆匆挂断了电话，无奈地摇了下头。

阿鸿是她的弟弟，准确地说是和她一样被母亲收养的孩子。母亲是个退休职工，因为善心收养了三个残疾的孩子，弟弟阿鸿的一只手不能动，而且智力上有缺陷，而妹妹萧紫则是一只耳朵听不到东西。至于北姗自己，她自打生下来右眼就看不到任何东西。

母亲的唠叨回荡在脑海中，要是真说起来，最近医院确实有些不可靠的传闻，就是不知道怎么传到了母亲那边。

北姗揉了下发酸的鼻梁，又喝了口咖啡，继续盯着电脑。

和昨晚一样熬了整整一夜，北姗对着电脑一直没有抬头，而那部小说也就差结尾部分没有完成了。

早上北姗刚要出门，就遇上了住在对面的许庚。许庚是北姗的发小，也是现在一起在第一医院工作的同事。

“北姗，昨晚又没睡？你这样撑着不行啊，老是失眠对身体不好。”许庚是个开朗的小伙子，和他在一起北姗总是会感到异常安心。

“没事的，我也都习惯了。”北姗回答着，按下电梯。

只是北姗没想到，等到了医院就听到了那样的消息，昨天晚上看守停尸房的小李莫名其妙地失踪了，而且尸体丢失了两具。这件事是值班护士发现的，发现的时候停尸房敞开着门，尸体摆放整齐，却少了两具。护士想要找小李询问情况的时候却发现值班室根本没有人，监控也莫名其妙地坏掉了。

听说前几次丢失尸体的事情也不是传言，而是被院方封锁了消息，这次事发突然，没能堵住悠悠众口，一下子整个医院的员工和病人都慌张了起来。

“你说，这尸体也有人偷吗？”午饭之后北姗和同事闲聊着。

“那可不一定，说不定有人有恋尸癖什么的，世界之大无奇不有嘛。不过想想是真的蛮吓人的。”

“让一下。”突然身后传来了许庚的声音，然后北姗便看到他捂着眼睛跑出了办公室，好像很慌张的样子。

借着出去倒水的理由，北姗也跟了上去。

许庚慌慌张张地跑进了茶水间，随后将门关上了。很快里面传来了一阵乒乒乓乓的声音，好像许庚在翻找什么东西。

北姗就跟在他后面，皱着眉头望着紧紧关闭着的门：“许庚？你怎么了？”

北姗敲着门，里面的动静好像消停了一会儿，随后传来了脚步声，门被打开了。

许庚看起来很正常，和平时没有什么不一样的地方，茶水间里也没有什么异常。

“你做什么呢？那么久不开门，难不成藏了什么好东西，还不舍得给我看啊？”气氛稍微有些尴尬，北姗也就打趣了两句。

许庚回答：“不是的，是我妈给我寄来了红茶，刚才我在找杯子，你来两口？”

杯子里面的红茶晃晃荡荡的，散发的味道有些诡异。

“算了算了，你知道我只喝清水的嘛。”北姗摇了摇头。

这件事虽然就这么过去了，可是北姗还是感觉不太对劲，但到底是哪里不对劲，却总是说不出来。反正一整天下来她都在悄悄看着许庚，可是又没发现什么不一样的地方。

在傍晚回家的路上，北姗还在想这件事情。那杯子里面异样的味道让她感觉作呕，细细想想甚至有种血腥味。

北姗在售货机前停住了脚步，看着里面的红茶，鬼使神差地买了一瓶。她这个人有些怪癖，不喜欢喝任何饮料，所以也没怎么接触过红茶。

打开瓶盖，北姗却愣在了原地，那红茶颜色淡淡的，哪里像白天许庚给她看的那杯一样？

越是寻思越觉得有些不对劲，最后快要到家的时候，北姗听到了身后许庚打招呼的声音，索性狂奔着跑回了家里，紧锁上了门。

外面传来开门的声音，许庚好像进了他自己的屋子。

北姗也算是松了一口气，坐在沙发上擦着额角的汗水，打开电视准备缓解一下心情。

只是电视里正在播报的新闻引起了北姗的注意。主持人说："近日引起轩然大波的第一医院尸体丢失事件已经调查清楚，根据有关负责人透露，是医院停尸间李某监守自盗，将尸体擅自贩卖给黑市，却在运送尸体的过程中因为高血压而昏迷，导致没能及时回到医院。嫌疑人李某已经捉拿归案……"

北姗看着电视上播放着小李被捕的画面，为自己刚才那些可笑的想法感到无语。

许庚是和她一起长大的朋友，她竟然因为一杯茶就胡乱乱想，或许真的是最近写小说写得太多了吧。

拿起外套，北姗准备去许庚那边给他道个歉，毕竟刚才连他和自己打招呼都没有搭理，显得有些没礼貌。

“你来了？正好做好饭了，来吃点。”许庚穿着围裙，一打开门就香气扑鼻。

“好。”北姗笑着坐到饭桌前，却注意到饭桌脚下有好几个瓶子，里面装得满满的都是白天见过的那种血红色的液体。

“这是我妈给我寄来的，家乡特产，比一般的红茶都要浓。要不是你不喝，就送你几瓶尝尝了。”许庚这么说着。

一顿饭倒也不需要多久，可是奇怪的是在吃完饭之后北姗就感觉到了深深的睡意。因为一直靠咖啡提神，她已经很久没有这么困了。

或许是真的困了，北姗竟然在许庚刷碗的时候在沙发上睡了过去。

又是那个梦，北姗再次看到了那个血红色的世界，而且这次比上次的梦境更加清晰，甚至可以看清楚眼前的一切了。

这次的场景是在一个类似于商场的地方，北姗不断地走着。她能看到一切，却控制不了自己的身体，就好像……身体不是她的一样。

商场很空荡，北姗走到了一个售货机面前，伸出手臂投入了像钱币一样的东西，然后眼前的画面渐渐清晰，那售货机里摆放的不是零食，而是一个个人的器官。北姗想要后退，却怎么都控制不了自己的身体，只能被迫拿起售货机里滚下来的一罐血红色的饮料，随后将其喝进嘴中。很快，她的胃里一阵翻江倒海，可是却说不出任何的话，只能看着眼前的一切。

随着视线移动，北姗盯住了面前的小店铺。

店铺里有很多人影，随着脚步的逼近，北姗也看得越发清晰，面前的一个人形的东西摘下了面具，缓缓露出左半边脸颊。结果，那面具下的左半边脸上依旧是一张钢铁的面具。

而面具人缓缓移动，直到右半边脸颊露了出来。这次北姗终于看清了，那竟然是人的面颊。而且，那张脸不是别人，那熟悉的五官，是许庚！

北姗只能惊恐地盯着，随着脚步再次走近，这次她发现眼前的不是戴着半个面具的人，而是一面镜子。

也就是说，她是许庚？

不，是她在梦境里是许庚。

北姗依旧只能随着身体的移动而移动，眼睛看着面前的一切。那群“人”坐在了地上，开始聊天。和以前一样，北姗听不见任何内容。紧接着，那些人一边说着话一边拿起水泥地上的水泥块填入嘴中，就好像在咀嚼食物一般。

从梦境中惊醒，北姗也一身冷汗。在确定自己在现实世界而不是梦境里之后，北姗试着活动了一下自己的四肢，眼前也出现了许庚的身影。

想起梦里面许庚的那半张脸，北姗下意识地蜷缩了一下。

“你昨天在这里睡着了，我就没喊醒你。对了，你妈妈要来了，带着阿鸿一起，刚才还打电话来了，可能马上就到了。”许庚看着她，端上了早饭。

果然，很快门外传来了敲门的声音，北姗走上前，打开门便看到了牵着弟弟妹妹的母亲。母亲一脸笑容：“许庚说你在他这里，我就直接到这边来了。也没啥大事，就是来看看你，送点吃的什么的，而且阿鸿也想你了。”

阿鸿跑过来，用能动的那只手臂抱住了北姗。

可是当阿鸿看到站在一旁的许庚时，却突然尖叫了起来，随后后退着跑到母亲的身后。

北姗看向许庚，皱起眉头。

老人都说小孩子能够看到大人看不到的东西，如今阿鸿见到许庚是这个反应，再加上昨晚的那个梦……

北姗下意识地后退了一点，和许庚保持着距离。许庚倒是没有在意什么，招呼大家进门后，就去厨房准备水果了。

北姗蹲下来询问阿鸿尖叫的原因，可是智力有问题的阿鸿根本就表述不清楚，只是说着什么：“我……那是我的……”

北姗问他的什么，阿鸿却不再说话。

直到吃完饭后在厨房刷碗的时候，妹妹萧紫突然拉住了北姗，小声说：“姐，我知道阿鸿为什么看到许庚就害怕，你跟我来。”

到了房间，萧紫依旧神神秘秘的，确定了门是关上的之后，才打开放在腿上的笔记本电脑，说：“姐，你知道为什么阿鸿看到许庚会害怕吗？”

“可能是小孩子认生吧。”北姗回答。

“才不是。”萧紫打开电脑上的一个页面，“你看看这个，我怀疑，许庚就是这种半人姬。”

北姗低头看了过去，电脑上是她前些天看到过的那个帖子。

“你怎么连这些都信？这都是为了搏眼球才发的，没有任何依据。再说了，这些和许庚有什么关系？”北姗皱眉。

萧紫点击了一下页面：“姐，你别骗你自己了，难道你自己没遇到怪事吗？我的腿，阿鸿的胳膊，你的眼睛，为什么偏偏这些器官看起来都好好的，却使用不了？有人偷走了它们啊！”

北姗吃惊地看着萧紫，她没想到一个高中生竟然有这么天马行空的想法：“器官怎么能偷？你到底在说什么？”

“姐，我和阿鸿是一个孤儿院的。在妈妈收养我们之前，阿鸿还是个正常的孩子。但是八岁那年，在你把许庚带回家里玩之后，阿鸿的胳膊就突然用不上劲了，慢慢变成了现在这样。”萧紫突然停顿了一下又讲道，“你也做了那个梦，不是吗？”

听到这里，北姗突然愣住。她知道萧紫口中所说的梦是指什么……是那个血红色的诡异世界吗？难道萧紫和自己一样？

“你知道那个梦？”

“如果我没猜错的话，姐，你在梦里只能看到，却听不到也控制不了身体对吗？”萧紫说着，“我在现实中右耳朵听不到，却能在每晚的梦境里用右耳听到一些奇奇怪怪的声音。虽然我看不到，但我确定那是另外一个世界。”

“你是说，我们的器官每晚都在另外一个世界，因为只有器官在，所以我们没办法控制身体？我的眼睛在那个世界，所以我只能看到；你的耳朵在那个世界，所以你只能听到？”北姗看着萧紫。

“对。但是姐，你有没有想过，如果那边的眼睛和耳朵是我们的，那身体呢？”萧紫的眼神格外的冷静，有着她这个年龄不该有的沉着。

北姗想起昨晚看到的镜子里的脸庞，从后背升起战栗的感觉。

也就是说，昨晚自己没有看错，身体……是许庚。

“姐，昨晚我听到那身体的声音了。我很久没有见过许庚哥了，对他声音的印象还是他小时候没有变声之前的。可是今天我闹着妈妈带我们来看你，就是为了来听一下许庚哥变声期之后的声音。就是他啊，那个梦里的声音！”

萧紫的话让北姗全身战栗，背后升起一股寒气：“你告诉了阿鸿这些，所以他见到了许庚才会害怕是吗？”

北姗顿了下又问：“那你是怎么知道这些的？”

“刚开始我也不信那个帖子，只是觉得很扯。但是后来我看到了一本书叫《奇幻世界》，那里面描述的东西和我听到的一模一样。我拼尽全力搜到了作者不愿公布的信息，我猜到作者就是你啊，姐姐。所以我就知道了我们都在同一场梦里，而且一个只能听，一个只能看。后来我又调查了很久，才推测出了这些。”萧紫说着，把电脑推在了北姗的面前。

北姗双手颤抖着接着看那帖子下面的信息。

上面写着：

半人姬成为人类的方法，就是获取他们的器官，再一个个安装到自己身上。随着年龄的增加，器官会越来越适应半人姬的身体。但是在器官适应身体的过程中，器官原本的主人还会有隐约的感应。

对于半人姬来讲，必须吞噬大量的器官，才能让那些吸收来的器官好好地在自己身上运转。而且，随着离开自己的时代时间变长，半人姬的生命体征就会越来越弱，因此，他们必须时常回归自己的时代。

“所以，那个血红色的世界，是半人姬的世界？”北姗看完了整个帖子，似乎所有的一切都和现实情况完美贴合。

北姗坐在原地整理着杂乱的思绪，她从小信任的发小是二十八世纪的半人姬，而因为半人姬想要成为人类，所以自己失去了右眼。又因为那微弱的感应，自己能够看清许庚回去他的时代时所发生的一切。

“姐，我已经找到了和我们一样的一批人，我们约好了在城北清水寺集合，现在就去。”萧紫说着。

“你是说，还有其他半人姬？”

“是的，他们派来的是一批人，而许庚只不过是其中一个。”萧紫拉起北姗的手，借着买东西的理由和母亲告别走出了房门。

出租车上，北姗盯着窗外很久，却突然想到了帖子上的一句话。

对于半人姬来讲，必须吞噬大量的器官，才能让那些吸收来的器官好好地在自己身上运转。

北姗突然意识到了什么，连忙让司机停车："萧紫，我有点事情要核实。你先去，我马上就到。"

说罢她下车拦了另外一辆出租车。北姗去的是医院。

如果许庚是半人姬，那么就是说，他需要器官来维持器官的稳定。因为北姗时常熬夜，所以最不稳定的应该就是眼睛，所以他需要大量的眼睛来稳定自己。

跑到茶水间里，北姗翻找了很久，才在最角落的位置找到了那些瓶装的"红茶"。果不其然，茶水间就是许庚用来储存东西的地方，他那天捂着眼睛跑来茶水间，就是因为自己前一天熬夜累坏了眼睛。

瓶盖被拧开，北姗晃动了一下饮料瓶，里面果然浮现出一个圆滚滚的东西，吓得她一下子扔掉了瓶子，跑出茶水间。奔跑着的北姗全身都是冷汗，如果这一切都是真的，那就说明这世界上有很多人都在被剥夺着器官，然后一个个组装到半人姬那不是人类的一半身体上。如果这个计划成功了，就会有大批半人姬拥入人类世界，那么人类的灭亡就会加速好几个世纪。

直到脚步停在了停尸间门口，北姗推门走了进去，掀开盖住尸体的白布，冰凉的触感让她干呕，但是没办法，她必须确定这一切到底是不是真的。

如果刚才在瓶子里看到的是眼睛，那么那些眼睛的来源一定是停尸间的尸体。尸体消失的原因是小李贩卖尸体，但是没有人想到，尸体上的眼球，可能已经被人取走了。随着白布被轻轻掀开，尸体眼睛的位置果然只剩下了两个黑洞……

北姗喘着气猛然后退了几步，然后几乎狂奔着跑出了停尸间，拦了出租车直奔清水寺。

只是到了清水寺约定的地点时，北姗却寻不到萧紫的身影，甚至连一个人影都没有见到。四处都是空荡荡的，没有人气。

“北姗……”

熟悉的声音传来，北姗转头看去，那角落里竟然躺着一个人，而那个人就是许庚。

北姗下意识地后退了几步，想要和许庚保持距离，谁承想许庚一下子抓住了她的脚踝。他的嘴角带着血，显得格外虚弱：“我知道你什么都清楚了，但是你相信我，无论我是什么样的种族，我都不会害你。”

北姗愣住了，看着那张熟悉的面孔犹豫了一下。他现在已经连说话的力气都没有了，也就是说没有任何的杀伤力。

“你真的是半人姬？从二十八世纪来，为的就是……获取我们的器官，成为人类？”北姗眼睛里含着泪，她不相信，为什么从小到大的玩伴……

“是。”许庚无奈地回答，“我的任务就是取走器官，让自己成为一个完整的人类，你的一切猜测都是对的。”

“你怎么知道我的猜测的？”

“我有你的眼睛，所以能感受到你心里的一切。或许你不相信，我从前一直都不知道什么叫作暖，什么叫作寒，直到遇到你。和你在一起的这几十年，我发现自己的心也慢慢有了温度。谁知道呢？或许我们的计划真的成功了，换上人类的器官就会完全感受到情感。”许庚的眼角流下了眼泪。

许庚接着讲着：“可是啊，其他的半人姬和我一样都换上了人类的器官，却没有感受到丝毫人类的情感。我想，我之所以感受到暖这种感觉，是因为你。”

许庚的眼眸中带着他这辈子都未曾有过的柔情，他看着眼前慌乱的北姗道："我意识到自己是因为你才感受到了何为情感，那种东西真的很复杂，让我一点都不忍心让你离开。你或许不知道，一旦器官完全适应半人姬，也就意味着那个原本拥有器官的人类要彻底消失。一旦想到要离开你，我……就好痛……所以我背叛了组织，试图在最后这段时间把眼睛还给你，也试图销毁沟通了两个时代的时光隧道。"

"那萧紫他们呢？"北姗蹲下扶起了许庚。

"组织发现了我的行为，派人来阻止我，也抓走了知道了大部分事实的那一批人类，现在……他们在时光隧道那边。"许庚说着，在北姗的支撑下站起身，手指指向不远处的山顶。

"我们必须阻止他们。"

北姗看着远处淡淡的绿光，如若不阻止，那么人类就即将迎来一场巨大的灾难。

"这是我们半人姬的软肋——金器，只有金器才能伤到我们。上次大战就是因为我们消灭了地球上所有金器，才会轻而易举地赢了人类，但是你们这个时代还有。"许庚说着，把腰间的一把金子做的刀子递给了北姗。

北姗搀扶着许庚，快步走到了那个地方。那里被淡绿色的光所萦绕，而光的最深处则是血红色的深渊。

北姗站在原地，手里握着黄金的刀子，眼睛紧盯着对面戴着面具的人影。在血红色深渊的照映下，眼前的一切和梦境之中的场景是那样的相像。

"快放开萧紫，你们这种冰凉的机器，这辈子都不可能感受到情感的！"北姗抛开一切，含着泪跑了过去，手里握着那把许庚递给她的黄金刀。

只是在那刀子即将刺入面具人的胸口时，面具人猛然发出了笑声，摘掉了面具的那一瞬间，北姗也呆在了原地。

面具下，竟然是母亲的脸庞。

“母亲？”北姗颤抖着收回双手，而原本被面具人劫持的萧紫也笑出了声音。

“原来半人姬是这样得到所谓的情感的，真是可笑！”

萧紫和母亲几乎同时将手放在了脸上，然后轻轻捏住脸颊，随着她们的手轻轻上扬，人皮面具被揭开，而人皮面具下，是一张完全机械的脸庞。

随着萧紫一个挥手，北姗被一股猛烈的气流击倒在地，一口鲜血也喷了出来：“你们……”

萧紫看着奄奄一息的北姗和许庚，冷笑了一声：“留着他们已经没有意义了，消灭掉这最后一个人类和最后一个半人姬吧。”

周围的人应声，随着面具揭开，一张张全机械的脸庞露了出来。

北姗终于意识到自己一直感觉不对劲的地方是在哪里，萧紫知道这一切是因为那个帖子，可是帖子又是谁发出的呢？

随着一道红光，北姗和许庚完全消失在了这个世界……

“现在我的子民应该知道为什么半人姬会拥有人类的情感了，希望大家引以为戒，千万不要像人类一样，变成拥有感情的懦弱种族。”萧紫笑着，周围的一切都变了模样，每个人都是一样的机械脸庞，整个世界都是冰冷的。

几个世纪之前，半人姬种族派出了一部分半人姬前去人类世界，而只有一个半人姬成了真正的人类。而在那个半人姬回到二十八世纪之后，更是教会了千千万万个半人姬什么是爱。

那个改变了二十八世纪的半人姬，就是许庚。

只不过后来，在半人姬拥有感情之后，全械人崛起。因为他们的冰凉，击败有感情的半人姬就如当初半人姬击败人类一样简单。

统治世界的他们杀掉了所有的半人姬和人类，唯独留下了许庚和北姗，为的就是逼问出当初许庚是如何感受到情感的。可是许庚和北姗半句话都不肯透露。

于是他们清空了他们下半生的记忆，让一切回归起点，陪着他们重新经历了一遍许庚成为人类的过程。母亲、家人……这个世界所有的一切都是全械人造出来的。

原来，成为人类，只要让一个半人姬看着一个人类女孩生活中的点滴，看着她笑、看着她哭就可以……

那就是爱吗？一个让半人姬从强大变得脆弱的东西。

全械人首领清理了一切。他们调查成为人类的方法，不是为了成为人类，而且为了避免成为人类。

人类拥有感情，所以被半人姬消灭。半人姬拥有了感情，所以被全械人消灭。

他们一定，不能成为拥有情感的弱者。

QI GUAI DE TA

奇怪的它

03

1.

“医生，我问一下啊，萨摩是不是生长得特别快？”竹南站在家里的客厅里，拿着手机拨通了宠物医院的电话。

“是挺快的，而且长的时候营养要跟上，要经常喂一些……”对面的医生一本正经地回答着。

竹南小心翼翼地打断：“那要是长得特别快呢？”

医生停顿了一下：“再快也是正常的，这种狗它个头本来就大。”

竹南回头看了一眼，随后开口：“那要是三天就长到沙发那么大了呢？”

对面的人沉默了。

停顿了好久医生才开口：“这样吧，我给你一个号码，你打给她，我解决不了这个问题。”随后他报出了一串号码。

竹南用肩膀和耳朵夹着电话，认认真真地拿笔记下了号码，随口问了一句：“这个是更权威的专家是吗？”

“是精神科的医生。”

电话被挂断了。

竹南愣在原地。

她知道，口述一个狗长到了沙发那么大，确实很像得了神经病，可是……

竹南回头看了一眼占据了自己整个床的狗剩子，咽了一口唾沫。

这个事情说来话长，三天前她带团去旅游，在山顶看到了一只受伤的小萨摩，当时它只有两个手掌那么大。

她一时心软，就把它抱回了家。为了好养活，还给它起名狗剩子。

可是接下来的三天，萨摩以飞快的速度长大。第一天回来的路上买的狗窝，一个小时之后就被它撑破了，一晚上过后，它直接长到了成年犬大小。

而今天早上她一睁眼，更是不得了，狗剩子趴在沙发上，头在沙发头，尾在沙发尾，占满了整个沙发的空间。

要知道这个沙发，就算是竹南自己躺上去，脚也碰不到尾。

于是她就连忙开始咨询宠物专家，但是得到的建议都是，她该去看一下精神科了。

“狗……狗剩子啊，你饿吗？”竹南穿着拖鞋端着狗粮。

自从狗剩子来到她家，就没有吃过任何一口狗粮，但还是神奇地生长着。

“要不我给你把狗粮炒炒？或者我们清蒸一下？”

竹南倒不是怕狗剩子身体出现问题，她主要是怕自己会被它吃了。

狗剩子看了一眼竹南，慵懒地舔了一下爪子，然后就是啪的一声巨响，床头的花瓶被碰到了地上。

竹南的心咯噔一下，她的宝贝花瓶……

就这样，她和一只狗，哦，不，和一只不明生物大眼瞪小眼瞪到了晚上十二点。

更准确地说，是大大大大大眼瞪小眼。

竹南实在熬不住了，就自己在沙发上将就了一晚上。

第二天醒来的时候，她差点就被吓死。

一睁眼，就看到狗剩子巨大的脸在自己面前，近在咫尺，甚至连它的毛都能一根根看清楚。

竹南心跳加速，连忙想要起身，可是这个时候狗剩子的大爪子已经朝着她伸了过来。

“别吃我别吃我，我塞牙的……”竹南闭上了眼睛，可是想象中的血腥画面没有出现。

她睁开眼，看到狗剩子的爪子轻轻按在了自己的……胸上。

“你个色狗你干什么！”竹南想要支撑着后退，却突然感到爪子移动了一下，随后它长长的指甲钩起了竹南脖子上的项链。

那是一个蓝色的小石头，一个月前竹南的男朋友送给她的。因为挺好看的，竹南就一直挂在脖子上，没想到狗剩子竟然对这个感兴趣。

狗剩子钩起了项链，走开不再站在沙发旁边。

竹南刚刚松了一口气，却发现拿到项链的狗剩子有些不对劲。

它趴在一旁，显得十分虚弱，眼睛微微睁开。

“渴了吗？”竹南连忙站起来去厨房倒水，可是端着盆出来的时候却愣在了原地。

狗剩子消失了，客厅一下子显得空旷了许多。

这倒是个喜事。

可是谁能告诉她，那个躺在地毯上的男人是怎么回事？男人一身白衣，乌黑的头发披散着，眉间有一个蓝色的圆点，让他整个人看起来格外有气质，而最重要的是……

他太好看了。

好看到竹南这个卑微的本科生找不到任何词汇来形容他。

眼前的男人睁开了眼睛，看着面前端着一个巨大的洗脸盆的竹南。

竹南一时紧张，有些结巴："帅……帅哥，你怎么进来的？"

"被你抱进来的。"男人张口，声音很好听。

"什么意思？"竹南好像突然意识到了什么。

那男人起身，比竹南高了好多。

他环顾了一下四周，又活动了一下身体。

"麻烦问一下……帅哥，你叫什么名字？"

"狗剩子。"男人和竹南对视。

2.

竹南养的狗成精了。按理说这种情节应该只会出现在玄幻电影里，可是在现实中实实在在地出现了。

为此，她特意去查了很多的资料。

例如《我的古代神仙男友》《捡到穿越王爷》《千里迢迢来爱你》……

但是她还是没有得到任何有用的信息。

人家书里的男人都是从天而降，或者突然出现在床上，没有任何一个是从一只萨摩变成人的。

"这位……剩先生，我冒昧地问一句，您吃什么啊？"竹南恭恭敬敬地站在一旁，半步不敢靠近。

这么一个狗精，她可不敢得罪，万一一不小心，自己这条二十二年的小命就没了。

"不吃人。"帅哥声音平淡。

竹南松了一口气，这才稍微放下心来，盘着腿坐到了沙发上："那你这次来我家是不是有什么神秘使命？拯救地球？抓捕坏人？总不能是收集龙珠吧……”

狗剩子：“……”

虽然吃惊，但是竹南不得不承认，眼前这个男人确实是自己家的萨摩变的。

为了安抚自己极度震惊的小心脏，她立刻躲进了卫生间给自己的朋友打电话。

朋友是个三无宠物医生，对这方面的知识稍微懂那么一点。

“我家狗成精了，而且好像还是从古代穿越过来的狗精。”竹南把声音放到了最小。

“那还不容易啊，古代来的，肯定没见过世面，你随便拿个什么小高科技就能哄住他，到时候还不是你说什么是什么？你说你会法术都行，书上不都是那么写的吗？你说飞机是大鸟他都会信，很乖的。”朋友嚼着薯片滔滔不绝。

竹南认为这话非常有道理，连忙赞同，可是这个时候朋友再次开口：“对了，我有个问题问你。”

“你说。”

“几个菜啊？喝成这样？”

“……”

电话对面的朋友狂笑不止，而竹南直接挂断了电话。

不过这倒是给了她一个很好的启发，如果自己家的狗剩子是从古代穿越过来的，那一定是个没见过世面的土鳖，自己说什么就是什么。

抱着成为狗精老大的小心思，竹南推开了房门，刚想要好好介绍一下现代社会的神奇之处，却愣在了原地。

狗剩子……哦，不，剩先生坐在沙发上优哉游哉地看着电视，手里拿着一大包薯片，而此时空调也早就被他打开了，就连按摩仪都被放在了脖子上面。

竹南还是很心疼自己的薯片的，跑近之后慌里慌张地讲道："这是有毒的，可不能吃。"

"这难道不是土豆做成的吗？"剩先生一副养尊处优的样子，把最后一片薯片放在了嘴里。

"你……到底是不是古代来的？按道理讲古代人到这里难道不应该是什么东西都一窍不通吗？"竹南一阵心疼，可是又不好意思明说。

"聪明而已。"说完，剩先生又拆开了一包薯片。

"看来你们狗族真是好血统啊。"竹南承认自己是在吹彩虹屁。

"我是银狐，不是狗。"剩先生的脸色阴沉下来。

"银……银狐？"

不是萨摩吗？

剩先生突然站了起来，走向竹南，又猛地扯开了自己的衣服，雪白的肩膀露了出来："我真的是银狐。"

肩膀上一颗小巧的、像文身一样的狐尾标记露了出来。可是竹南的注意力完全不在那上面，满眼都是白花花的肉……

"非礼勿视，非礼勿视。"竹南挡住了自己的眼睛，满脸通红。

虽然她已经和男朋友交往了三年，但是连对方的手都没有牵过，这一下子刺激那么大，还真是受不住。

小小出租屋里突然多出了一个狐仙，竹南是很不适应的，特别还是一个极其聪明的狐仙。

他真的很聪明。

他不光飞速适应了这个时代，甚至仅仅用了三天就学会了炒股，使用电视机、电脑更是手到擒来。甚至竹南都怀疑如果他真的生在现代，会不会是个天才儿童。

而这种聪明也让竹南很不适应。

“这个真的很难，红烧排骨，我当时可是学了小半年，做了无数次才能做得这么好吃的。”竹南围着围裙，右手拿着锅铲循循善诱地教导着剩先生。

可是不出一个小时，竹南就目瞪口呆地看着满桌子色香味俱全的菜品说不出话来。

“你……”竹南尝了一口，挑不出任何毛病。

“也不是很难。”剩先生顶着一张面瘫脸拿起了筷子。

有了这么一位狐仙在家，竹南的小日子算是越过越滋润，除了胖了点，其余的没有任何不好的地方。但是日子就是不可能那么顺，她交往了三年的男朋友来找她说分手了。

“你知道他说什么吗？他说他喜欢上别人了，而且已经有两年了。我已经顶着绿帽子两年了，我看起来很好欺负吗？”竹南在家里抱着啤酒瓶，眼睛红彤彤的。

“嗯。”剩先生在一旁抱着薯片认真地点了点头。

“这个时候怎么能说实话，你懂不懂安慰人啊，狐族没有失恋的吗？”竹南又喝了一大口啤酒，“我哪里不好了？我不好看吗？不瘦吗？不善解人意吗？”

“你好看，瘦，善解人意。”剩先生一个个回答着，又吃了一口薯片。

竹南从小到大就没被别人这么夸奖过，红着脸愣了一下神：“真……真的吗？”

“你不是说这个时候不能说实话吗？”

“……”

半夜十二点，竹南已经喝了个烂醉，站在床上举着酒瓶大声吼着：“我，许愿，让他吃方便面没有调料包，出门就掉进阴井里，第二天醒来就秃头……”

“好好好，你们人类真是麻烦，为了一个男人而已，竟然这么伤心。”

这是她迷迷糊糊间听到的一句话，至于接下来发生了什么，竹南已经不记得了。

她只知道第二天自己醒来的时候看到了电视上正在播放的社会新闻，一男子半夜昏迷被扔进了阴井里，罪犯没有取走任何财物，只剃干净了他的头发，唯一留下的线索就是，罪犯塞到男子手里的一包没有调料包的方便面……

竹南看着站在自己一旁的剩先生：“你……你干的？”

“不是。”剩先生一口否认，随后眼睛瞥了一眼地上的剃须刀，一脚将它踢进沙发底下。

竹南抿起嘴巴，有些害羞：“谢谢你。”

“别自作多情，我只是怕你把钱全用来买酒了，就不能给我买牛排了。”剩先生一脸冷漠。

“哦！”如果有机会，竹南一定要好好去问问狐族的别的人，难不成呛人就是他们的传统？

吃早饭的时候，竹南看着剩先生额头上的那颗蓝色的印记，忍不住又想起了伤心事。

“那个小石头还是他送给我的呢，当初他说他花了好多钱……你说为什么啊？他为什么要这样对我，难道就是因为我不让他碰我吗？”

剩先生面无表情地放下筷子，随后伸出一根手指戳了一下竹南的脸蛋。

“你干什么？”竹南被他的动作搞得一愣神。

“我看一下你让不让我碰你。”说罢，他又继续吃着饭。

竹南扑哧一声笑出了声：“你不懂了吧？这个碰不是那个碰……”

“笑了就好。”剩先生看了她一眼，又继续低头吃饭，还不忘把竹南碗里的鸡腿夹到自己的碗里。

“你有没有良心？那是我的鸡腿。”

“可是你胖啊。”

“我今天失恋啊，还是被绿了，两年啊。”

“可是你胖啊。”

“是你的石头引起我的伤心事了啊。”

“可是你胖啊。”

“……”

3.

短短几天，竹南就从失恋的苦痛中走出来了。不是因为别的，而是因为……她不走出来养不起这个家！

狗剩子一天要吃十几块牛排，而她那点小工资，连这烹饪的燃气费都付不起了，她必须出去打工。

“你在家好好等着我，我出去赚钱。”

“钱？”

“就是……银子，换肉用的，你从古代来的，当然不懂。”竹南嫌弃地摆摆手，随后关门离开。

因为要养活狗剩子，所以她在外面打了三份工，从早晨到晚上，一天要工作十个小时以上。

她的第一份工作是研究所的打杂工。

她的第二份工作是汉堡店的服务员。

她的第三份工作是汽车店的洗车工。

工作太多，她有时候甚至会把三份工作弄混。

今天就是这样。

例如，明明要递化学药品给研究员，结果她脱口而出："您的汉堡可乐。"

虽然戴着护目镜，但她还是恨不得找个地缝钻进去。

这个实验室好像是什么大学的学生承包的，在里面做基因实验，所以大家都是同龄人，也算相处和睦。

帮着老板把最后一批化学药品送上车，她才赶紧跑去汉堡店。

结果刚刚换好工作服，她就看到了一群女人围在一个座位旁边，把路堵得水泄不通。

"怎么回事啊？"竹南连忙过去维持秩序。

结果拨开人群，她就看到了……狗剩子。

"阿剩！你怎么在这里？"竹南瞬间明白了这群女人围在这边的目的——要微信。

"我出来买包薯片，顺便来看看你，家里没薯片了。"这话一说出口，周围的女人立刻炸了锅。

"听到了吗？他竟然和这个女人住在一起。"

"怎么可能？她要身材没身材，要长相没长相的。"

"还是个小员工，那么寒酸。"

"……"

竹南造了什么孽，要在这听这群女人抱怨？

"对不起，让一下，我要上班了。"竹南低下头，准备从人群中钻出去。

“对啊，我们就是住着一起。怎么？你们有什么意见？”没想到，剩先生的声音突然传来，他还顺势搂住了竹南的肩膀。

周围不出所料再次炸锅。

竹南的脸微微泛红。

“你跟我来一下，我其实是有事情找你。”剩先生俯下身，趴在竹南的耳边说，随后拉着她从人群中走了出去。

“怎么了？”竹南不明所以。

两个人就这样站在汉堡店的门口。

“我问你，你有没有参与什么科研项目，你一定要如实回答。”剩先生非常正经地问。

“科研？没有啊……啊，我给人家打工的地方，他们好像在做科研。”竹南反应过来，因为这份工作是前不久找的，她就没告诉剩先生。

“基因实验？”剩先生的神情明显紧张了不少。

“应该是吧。怎么了？你为什么这个表情？”

似乎是意识到自己太过于严肃了，剩先生恢复了之前的表情。

“你好好打工，晚上带你去吃点好吃的。”剩先生今天很奇怪，说出的话也让人听不明白。

“你哪来的钱啊？”竹南皱眉。

没想到剩先生竟然真的从口袋里拿出好几张钞票：“早上有个人拉着我做什么模特，我去拍了几张照片，这是报酬。”

“几张照片？”竹南瞪大了眼睛。

原来好看真的能当饭吃啊，这些都抵得上她辛苦打工半个月的薪水了。

“今后的牛排就靠你了阿剩，我是没办法保证牛排的供应了！”

竹南故意做出一副愁眉不展的样子，但剩先生完全没有笑。

他反而……心事重重。

4.

傍晚，两个人饱餐了一顿，这才心满意足地回家。

竹南看剩先生今天心情不好，也就什么也没说，自己回了房间。

她刚想打开电脑看看电视剧，却发现电脑屏幕突然黑屏了，随后冒出了一封三角形的信。竹南用鼠标点了一下，信的内容展现在眼前。

而那信纸上，竟然有着一个和剩先生肩膀上一样的狐尾标志。

狐仙写的信？

竹南将信将疑地开始读。

亲爱的竹南小姐：

我知道您看到这封信会非常震惊，但请先平息您的所有情绪。首先允许我做个简单的自我介绍，我叫盛天，是九尾银狐的哥哥。对了，我弟弟叫盛宇，并非狗剩子。

其次，我必须告诉您一个真相，他不是古代的穿越者，而是2098年的银狐族。

在2098年，人类消失了，只剩下银狐一种高智商种族，我们很快超越了你们的科技，但同时也一直对人类报以愧疚。

没错，人类是因为我们灭亡的。

2021年，一个基因实验室研究出来了我们银狐的基因，并加以实验，在八十年后，第一批银狐诞生。他们不同于普通银狐，而是能在人形与动物之间变幻，并拥有巨大的胃口和力气的新种族。银狐在任何方面都完胜人类，包括智商。

短短十年，我们就超越了你们，并且，有一批银狐不甘于作为人类的附属品，开始反抗。人类在银狐面前不堪一击，很快就被那群银狐制伏。

接下来的十年，罪恶的银狐对人类赶尽杀绝，直到2098年，最后一个人类消失在了世界上。

我和盛宇，是被人类创造出来的第一批银狐，当时实验室的各位哥哥姐姐是如此可爱，对我们也很好，我们没想到，自己的诞生，会给人类带来灭顶之灾。

所以，我们反抗了，但很不幸，我们失败了。

我们两个被打回了原形，放逐出了族群。

所以，我们准备最后一搏，用最新款的机器，将盛宇传送回2021年，阻止银狐的诞生。

纵使我们会消失，也要让这个错误的火焰从刚开始就被熄灭。

我在2098年时刻担心盛宇的安危，因为他必须跟着蓝色能量石找到你，并且杀掉你，才能阻止这一切。

或许你不明白，为什么你是我们的目标。

因为，你是我们银狐族的创造者。

那年，你作为一个打杂工去实验室打工，但很快你与那些大学生融在一起，甚至用自己的天赋，帮着一起创造了银狐基因。

最主要的是，你的血液里有十分特殊的成分，也就是创造银狐的关键基因。你被我们称为“银狐之母”。

我交代盛宇，无论如何都要杀掉你，阻止这一切的发生。

但是随着他回去2021年，我也能看到你们那边发生的事情。

很不幸，他完成不了这个任务了，因为……

他爱上你了。

现在未来已经被重新写好，那就是他陪在你身边，直到你死亡，可银狐却依旧被创造出来了。

我渐渐懂得，如果“银狐之母”不死，那么银狐注定会降生。

对不起，我写这封信的目的，是想让你为了全人类着想。

灭掉我们。

也就是，杀掉自己。

竹南看完了整封信，有的只是吃惊。

她终于知道，为什么狗剩子如此聪明，为什么他对自己总是那么冷漠，为什么他今天白天又如此反常。

原来……

是这样啊。

5.

竹南是独自从家里出来的，她走到了河边。那封邮件最后还附有很多照片，那是最后一个人类惨死时的照片。

她不知道自己到底该怎么办，此刻，她想见的只有盛宇。

“你在干什么？”身后传来盛宇的声音。

竹南刚想告诉他那封信的事情，一转头，却看到他红着的眼睛。

下一秒，一股推力让竹南双脚不稳，朝后倒去。

后面是河。

前面是盛宇。

原来，他的选择终究不是自己……

6.

就在竹南彻底坠入河中的时候，“盛宇”的身后跑来了一个身影。

“哥！你干什么！哥……”来者，竟然是一个和“盛宇”一模一样的男人。

“你不能做到，只能我来做。哥知道，银狐一辈子只爱一个人，但是，我们不是在做坏事，我们是为了拯救人类……”

“竹南！”

盛宇看着河，不顾一切地跳了下去。

可就在半空中，他的身体逐渐变得透明……

2021年的竹南死了。

所以2098年的盛宇也会消失。

直到最后，那座桥上，谁也没有留下。

WO DUI MENG PO TANG GUO MIN

我对孟婆汤过敏

04

1.

赵念笙是个普通的公司上班族。

但是，她也不算普通。

因为，她对孟婆汤过敏。

这事怎么讲呢？有人对花粉过敏，有人对海鲜过敏，只不过是赵念笙的体质稍微特殊了一点——对孟婆汤过敏。

这导致她根本没有办法喝下孟婆汤，所以只能和阎王签订了保密协议，答应保守地府的秘密，才能正常投胎。

这已经是她保存记忆的第七世了。实话说，她拥有那么多记忆，脑子经常会一片混乱。

例如她时常忘记究竟该讲哪国的语言，经常一觉醒来不记得现在究竟是哪个朝代。

“念笙，听说了没？新来的那个实习生交给你带了。对方好像很有背景，你可小心着点。”旁边的张鑫美一边喝着茶一边交代。

“知道了，带了多少个实习生了，还怕这一个吗？就是麻烦一点呗。”赵念笙继续打着字。

他们是游戏公司的美工组，实际上就是帮着游戏画画插画、做做海报，工作是十分轻松的。公司偶尔塞来几个实习生让他们带带，还能给日子增添不少乐趣呢。

一般的实习生都很乖巧，一口一个“姐姐”“前辈”地喊，所以赵念笙并不排斥带实习生。

可当她真正见到这个实习生的时候，却后悔了。

这个实习生外表是十分出色，可这个性格……也太冷漠了吧？

“你好，我叫赵念笙，是负责带你的。你的工位就在这里。”

“好的，感谢。”

见实习生如此冷漠，赵念笙又补充了一句：“弟弟，有什么不会的、不懂的随时问我哦，我就坐在你对面。”

“好的，感谢。”

自始至终，他就这么一句话。

最后，有关实习生的信息，还是同事过来透露的。

“他啊，叫李咨翔。好像是有重度洁癖，很不喜欢别人靠近，所以也不爱讲话，你得多担待着一点。”同事跑过来安慰。

“虽然可以理解，可是他也太冷漠了吧？”赵念笙还是有些不舒服。

“你忍着点吧，听说这是我们老总的亲戚。”同事声音放小了很多，“估计很快就不在我们部门了，只是临时过渡一下而已。”

赵念笙点了点头，又看向了正在远处接咖啡的李咨翔。

不得不说他外貌还是十分亮眼的，让人能够在人群中一下就注意到。他有着高挺的鼻子、棱角分明的脸，有种清冷学弟的感觉，在学校里应该有很多小女生喜欢他。

然而，当视线扫到李咨翔的胳膊的时候，赵念笙愣住了。

一个有些像牙印的胎记在他的左胳膊上格外显眼。

是他?

赵念笙瞪大了眼睛，直接跑了过去。她一把抓起李咨翔的胳膊，激动得双手都有些颤抖。

这可并不是普通的胎记，而是她特意做下的记号。

第一世，与她相爱的人叫青宴。

他们彼此深爱，最终却双双殉情。

于是，对孟婆汤过敏的赵念笙和阎王做了交易——自己可以对孟婆汤的事情闭口不谈，在人间老老实实地做普通人。但是阎王必须答应让她在青宴身上做个标记，方便自己能够每世都找到他。

只是这几世，赵念笙都没找到他。毕竟在茫茫人海中找到一个人的概率太低了。

她万万没想到，这个实习生竟然就是她找了几辈子的人。

等赵念笙回过神来，却发现事情不妙了……

周围的人都用极其诧异的眼光看着赵念笙，而她则拽着李咨翔的胳膊死盯着人家的胎记，就像个变态大叔。

至于李咨翔嘛……

对于一个有洁癖的人而言，陌生人这么拽着自己的胳膊，等同于直接捅他一刀。

“现在的小姑娘啊，见到帅哥都这么不矜持的嘛。”旁边的一个保洁大妈的调侃，让周围的气氛又尴尬了几分。

“哈哈，你这个胎记形状挺好看的。”赵念笙尴尬地笑了一下，然后头也不回地跑开了。

她真是丢人丢到家了。

2.

公司里谣言的传播速度有多恐怖，赵念笙可算是认识到了。

这才没有几天，那次的事情就传成了——

“听说了吗？我们公司的那个实习生因为长相好看，被老职员骚扰了，大庭广众的，唉！”一个同事兴致勃勃地过来和赵念笙分享新听来的八卦。

赵念笙嘴角抽搐：“没想到吧？我就是那个老职员。”

“……”

同事尴尬地转头离开。

而赵念笙则端着咖啡，默默地走到李咨翔的位子前。

“那个……之前的事情真对不起。因为我有个故人，他身上有和你一样的胎记，所以我才……”

“我不喜欢这个胎记。”李咨翔接过咖啡，用消毒纸巾擦拭了一下，才放到自己的桌子上。

对于这个行为，赵念笙也习惯了。这几天她发现，李咨翔的洁癖是真的很严重，上次自己当众抓他的胳膊后，他自己跑去卫生间洗了好几遍。

“为什么不喜欢？”赵念笙有些好奇。

她这些天打听了不少关于李咨翔的事情，也听了不少八卦——这李咨翔好像并不是老总的亲戚，而是老总的私生子，还是靠着胎记找到的。双方已经做过亲子鉴定，但是奈何事情不光彩，所以老总只能把他暂时安置在这里。

“不喜欢还需要理由吗？”李咨翔真的很不会聊天。

“那你平时在学校里都喜欢做些什么啊？”赵念笙没话找话，因为她想和李咨翔多聊聊天。

“上课，打游戏，画画。”

“那你画画应该很好哦，这些都是你画的吗？”赵念笙注意到桌面上的几张画纸，第二张图格外美，是一个女子撑伞的背影，而那女子的衣服，让她有点愣神。

如果没记错的话，这就是赵念笙第一次与他相遇时穿的裙子。只不过，这画面应该距今几百年了。

“这是我的梦，我总喜欢把梦画出来。”李咨翔讲着。

“梦吗？”赵念笙喃喃自语。

回到工位上的时候，旁边的同事立刻围过来。

“我说，你追小男生不是这么追的啊！你也太直白了，天天找人家聊天，像个骚扰小孩的老阿姨。”

“不会吧？我看起来没这么猥琐吧？”赵念笙皱眉。

“就是猥琐啊，你都快把姐姐对你感兴趣这几个字写在脸上了。”同事憋笑。

“……”

“没错。”旁边又一个同事附和。

“没那么猥琐，但是意图确实挺明显的。”突然又有一个声音从身后传来。

赵念笙转头，却看到了李咨翔。

“你什么时候在这的？！”

“我来给你送东西，刚才你去给我送咖啡，把这个忘在我位子上了。”李咨翔伸出手，是一个可爱的熊猫挂件。

“不好意思。”赵念笙的脸直接红了起来。被调侃也就算了，还被正主全部听到了，算怎么回事？

不过，李咨翔在说话的时候笑了。

这是赵念笙这几天第一次看到他笑。

3.

自从知道李咨翔就是她要找的那个人之后，赵念笙上班的积极性都高了起来，每天早早起床梳洗打扮，还要挑上一身好看的衣服才骑着小电驴上班。

周五的时候，她听说有个项目需要加班，立刻给自己和李咨翔报了名，同事们纷纷投来感激的目光。

其实，她这么做的目的很简单——她想和李咨翔以加班的名义独处。

到了周六，精心打扮的赵念笙早早来到了公司，但是迟迟没有看到李咨翔的身影，直到她看到了那条三个小时前就发来的短信。

姐姐，你来我们学校图书馆吧，兼职的同事临时有事，让我帮他一下。

下一条信息是个地址。

只不过早上忙着打扮的赵念笙过于专注，没有看到。

于是，她只能临时从公司出来，踏上地铁。

等赶到图书馆的时候，她正好看到上午班结束的李咨翔。

“你周末还兼职啊？平时还得实习，也太辛苦了吧？”赵念笙顿时想象到了他为了生活奔波的样子。

“我只是不想回家而已，所以才打工。”

赵念笙只当作他嘴硬：“没事，我懂。走吧，我骑车带你去吃好吃的。”

“没事，坐我的车吧。”李咨翔笑了一下。

赵念笙有些蒙，环顾四周，好像并没有什么自行车啊，明明都是几百万的豪车…………

下一秒，李咨翔拿出车钥匙，打开了旁边的一辆车。

“……”

她能收回刚才自己关于穷小子打工的想象吗……

一路上，赵念笙都不讲话，只是看着窗外，有些赌气。

“我可从来没说过我家里很穷。”李咨翔被赵念笙的样子再次逗笑。

“那你来实习干吗？”

“被我爸逼的啊！我家里的事情你应该也听说了不少，我是个私生子，就算是找到了我爸，也只能隐姓埋名做个小员工。”李咨翔这次的笑容有些苦涩。

“那你……为什么给我说这些啊？”赵念笙转过身。

“只是感觉你很熟悉，从第一次见面起就有这种感觉。”

赵念笙再次脸红了，每次面对李咨翔，她总是没有办法控制自己。

到了学校附近的咖啡店，赵念笙找了个角落的位置坐下，拿出平板电脑开始设计图纸。

这次的加班任务是设计公司新游戏的人物海报。

但是刚坐下，赵念笙就注意到了刺眼的一幕——正在点咖啡的李咨翔身边出现了个可爱的小女生，看起来应该是他的同学。但是一看那女生的星星眼，她就知道对方是对李咨翔图谋不轨的。

自已的情敌出现了？

赵念笙连忙把衣服整理好，站起身走了过去。

走近之后，她果然听到那个女生在和李咨翔说话。

“学长，我也经常来这个地方喝咖啡，真的很巧啊……”

这让赵念笙很不舒服。

显然那个女生也注意到了赵念笙的存在。

“这是？我看这个姐姐是和学长一起走进来的，你们……”那个小姑娘愣了一下，询问。

“我是他……”赵念笙险些下意识地说出“娘子”二字，但是最后还是反应过来，不知道该如何自我介绍。

“这是我……娘子。”

“啊？”

“什么？”

显然，两个女孩子都没反应过来到底是怎么回事。

李咨翔走近赵念笙，声音很小地说：“你以为，只有你和阎王做了交易？”

“你……你一直都知道，你是故意的？”赵念笙瞬间怒气冲冲，亏她还在家里详细制订了一整套如何追李咨翔的计划。

旁边的学妹被气得差点当场哭出来，一跺脚，转身离去。

4.

接下来，两个人在咖啡厅坐着，角色却完全调换了。

“对不起嘛，我也找了你好几世，只是想逗你一下。”李咨翔怎么哄都哄不好赵念笙。

“阎王是怎么同意让你不喝孟婆汤的？”

“我自然给了他他想要的东西嘛。总之能遇到你，怎么样我都值得。不过阎王真的很损，给我安排了什么身世啊！烦死了！”李咨翔抱怨道。

接下来的半个小时，两个人就好像有说不完的话一样。

李咨翔抱怨了他的私生子身份，还有家里那个明明是名媛但是非得给老总做小三的妈，被发现后干脆带着他出国，隐姓埋名，直到李咨翔成年才把他带回来。

赵念笙则抱怨了自己这几百年一直都找不到李咨翔，急得就差直接去质问阎王到底有没有让他投胎了。

“幸好这辈子让我遇到你了，不然，我可能都要放弃了。”赵念笙感慨。

“你以为，相遇是意外吗？还不是我，找了多少资料才发现你的位置。只是没想到，找你的时候被你们老总遇到了，莫名其妙认了个爹。”

赵念笙差点笑出声来。

“笑笑笑，就知道笑。”

5.

接下来的一个月，是赵念笙度过的最快乐的时光。

她每天有李咨翔陪着上下班，还能和他一起设计新的游戏。

“不是吧？这男大学生还真的被你追到了？”同事对这件事都表

示不可思议。

“还好啦，是他追的我才对。”这次轮到赵念笙满脸得意了。

“还在聊天，不准备吃饭了？”李咨翔还是那副冷漠脸，但是这次手里拿着的是他大清早起来准备的爱心便当。

“好，来啦。”赵念笙站起身。

“真是幸福啊，有这么好的男朋友。”同事羡慕得不行。

但是两个人也明白，这种日子是非常短暂的。因为地府有个规定，每个人的阳寿是固定的。也就是说，赵念笙和李咨翔每世只能活到第一世那个年龄，也就是赵念笙二十七岁生日当天。

这些年，赵念笙也尝试过摆脱二十七岁死亡的命运，但是一直没能成功。只要到了时间，无论她怎么努力，最终都会死亡，然后开始下一世的轮回。

李咨翔自然也知道这个事情，生日的前夕，两个人都有些伤感。

“明天是你生日，想要什么礼物呀？”李咨翔笑着询问。

“你知道，要什么礼物都没有用。过了明天，我们就只能下辈子再见了。”赵念笙苦笑。

“你说说嘛，就当是许愿了。”李咨翔摸了下赵念笙的头。

“想要你陪着我。另外，要一条你亲手织的围巾。”说出这话的时候，赵念笙眼里带着泪水。

“好。”

6.

七月十四日，也就是赵念笙二十七岁的生日。不出意外的话，这应该是她和李咨翔相处的最后三个小时。

“你说下辈子我会不会找不到你了？”赵念笙靠在李咨翔的

怀中。

“就算下辈子找不到，下下辈子也可以。”

“好，我这次选择相信你。”赵念笙勉强笑了出来。

“等我一下，我去拿个东西。”李咨翔放手，转身走出房间。

十分钟、二十分钟、三十分钟……

直到死亡时间到了，赵念笙也没有看到李咨翔的身影。而且很奇怪，此时她身边的一切都很正常，没有任何要发生意外的样子。

八点十分过了，赵念笙却站在原地，完好无损。

“我……我还活着！李咨翔！”欣喜的眼泪夺眶而出，赵念笙立刻跑出房间寻找李咨翔，但是却听到了周围住户的声音。

“怎么死了啊？这么漂亮的小伙子。好像是自杀，跳楼的，还有遗书呢。”

“不会的……”赵念笙已经不知道自己是怎么找到那张匆忙写下的遗书了，只知道自己嘴里一直重复着这三个字。

这一切到底是怎么回事？为什么她没有死，而李咨翔却自杀了？

和遗书放在一起的，还有一条红色的围巾。

7.

念笙：

当你看到这封信的时候，我已经死去了。不要难过，不要伤心，这就是我的命，无法改变的。

但是我很开心，你还活着。

你一定很好奇，为什么我去世了，你却没有？我和阎王又究竟做了什么交易？

很简单，阎王答应让我不忘记你，进入轮回，直到找到你，陪你度过短暂的快乐日子。作为报酬，我把自己未来三百年的命运交换给了阎王，也就是帮助阎王去发孟婆汤。

这是个苦差事，并且必须自愿才能上岗，阎王可是愁坏了。我帮他分忧，这点小条件他还是能答应我的。

另外，我又多加了二百年，换得你从二十七岁就去世的命运里解脱出来。我希望你一个人好好地过完这一生。

别为我伤心了，快去拿着围巾，好好生活。

其实我这么做还有私心啦，就是能在你每次投胎之前看到你。虽然是几十年一次，可是我也觉得非常值得。

之前我们经常说，牛郎织女是一年见一次，情比金坚，那我们一定比他们的感情还要好哦。

不许哭鼻子。

记住，我永远都在地府等你。

SAN LING YI LIU DIAN WU NIAN

3016.5年

05

1.

听说，十年前我们的星球经历过一次超级大乱斗。这次乱斗之后，超级英雄们把所有人的记忆清空，然后大家继续平安无事地生活。

本来这只是个流传于网络的传说，作为普通上班族的我也没有在意。

可是就在那个晚上，我无意间看到了一个奇怪的网址，点进去后，竟然是个名为“报纸档案记录”的网站。更神奇的是，网站上竟然有3016.5年这个日期。

很奇怪，现在是3026年，我从未听过有哪个年份带小数点的。

好奇的我点开了当年的报纸，发现都是些很奇怪的文字。

这些文字四分五裂，根本认不清到底是什么。而且我从未见过这些报纸。

实话说，我敢确定这并不是什么正经机构的报纸，因为我个人有个特殊的习惯——收集报纸。

就算在这个空间网遍布，随手就能通过4D系统亲身体验新闻现场的时代，我还是照样非常喜欢看纸质书籍。

所以我敢说，要是正经机构发行的报纸，我是一定见过的。

就在我专心致志浏览电子报纸的时候，却突然愣住了，因为……

3016.5年0.2月的报纸上，赫然有一张我的照片。照片上的我穿着一身西装，笑容有些诡异。

旁边密密麻麻的文字应该是对我的描述，或者是当月发生了什么事情，但是我无从得知。

在好奇心的驱使下，我将这个页面截图，发给了我研究语言学的朋友，他最擅长的就是破译奇怪的符号。

看到照片的时候，朋友也很吃惊，毕竟他也从来没有见过这个网站，更何况上面还有我的照片。

关上网站的我疲惫地躺在床上，想要入睡，但直到夜深也没有睡着。

十二点，我再次爬起来想要再看一次那个网站。但是很奇怪，网站消失了。

虽然我明确地记着网址，但是此刻，网址不存在。

如果不是那张截图还留着，我真怀疑刚才就是我过于疲惫下的一个不着边际的梦。

第二天八点，我准时醒来，起床上班。

没错，我只是个普通的打工族，虽然我平时很喜欢研究超级英雄之类的传说，但也免不了要天天上班打卡的命运。

我的人生一直都很平平无奇，除了二十岁那年我和朋友去旅游，不小心从悬崖跌落。这让我失去了记忆，很多事是靠着家人们的回忆和小时候的照片才想起来的。

直到现在，我都感觉自己的记忆中好像缺失了什么，就好像被人夺走了什么一样。

所以我才喜欢在深夜浏览信息，享受那种一个人静静思考的感觉。

我从哪里来，又要去哪里？

虽然经常被领导指着脑袋说“与其想这些不如去想想怎么完成业绩”，但我还是很喜欢独自一个人的感觉。

就像现在，秃顶的老板站在会议室中央，滔滔不绝地讲着他这个月的目标，但是下面的人没有任何回应，每个人都沉浸在自己的世界里。

突然，我的手机来了信息。

是昨天收到我的截图的那个朋友，他的破解已经有了进展。

老邵：“哥，那个字很简单，就是在汉字上画米字线，然后又把汉字随意组合了而已，随便拼拼就能知道内容了。”

我：“那内容是什么？”

老邵却不再回了。

过了许久，老邵才又回了信息。

老邵：“上面说，你在报纸发行的前一天，屠杀了一万人，最终被超级英雄们制服，然后被捕入狱……”

老邵：“按照当时的法律，你在刑满后，会被抹去记忆放到正常人当中去生活。”

我沉默了，关上了手机。

如果这个网站不是谁的恶作剧的话，那么3016.5年就是真的存在的，只是被后来的人抹去了。由此可见那是多么灰暗的一段历史，而我很有可能就是这段历史的始作俑者。

我不敢相信这是真的。

难道所有人的人生都被抹去了十年的记忆，然后这些记忆以小数点的方式存在于过去的年份中？

而我，就是超级英雄们费尽心思除去的大魔头？

正在走神，我却被老板的声音拉回现实。

老板：“别走神行不行？我看有些人的心思要飘到窗外去了。”

我反应过来，摸了下面前的桌子，确信，面前的一切才是真的。

我不断提醒自己，我叫赵大洋，今年三十五岁，小时候父母因为意外去世，奶奶因为受不了打击上吊自杀，虽然活到现在不容易，但是……我真的不是坏人。

记忆一点点浮现出来，我很有爱心，从小到大都爱喂养流浪猫，明明什么坏事也没有做过。

不过，记忆越多我却越觉得不对劲，没有办法说服自己。

例如，我父母的死到现在还是一个谜团。当时我躲在衣柜里，看到一个人闯进来杀了我父母，但是在我清醒后我却记不清那人的脸了。

再例如，十八岁那年我和心爱的女孩一起去约会，半路我看到一个陌生人，莫名感觉到十分熟悉，而那天公园里发生了命案，我女朋友也因此惊吓过度住进了精神病院。

我好像目睹过很多个命案，但是完全记不清凶手的长相。

医生告诉我，这是间接性失忆综合征，人有时会选择性忘记一些画面来保护自己。

下班后，我忐忑不安地登上了公交车。就在这时，一声喇叭响起，我看到了隔壁办公室的同事。

她打开车窗，说了一句：“或许你想要和我一起喝一杯？”

我心动了一下，毕竟这是我暗恋了几个月的女神，如今主动抛出橄榄枝，我自然不能够拒绝。

但是，就在我转身准备踏出那一步的时候，天空突然降落了一个人，他身穿一件黑色的T恤，戴着面具，下一秒，他从口袋里拿出刀，狠狠地捅向我。

那一瞬间，我想了很多，我想到了我的家人，想到了我面前这个有可能发展成我妻子的女孩，还想到了那张奇怪的报纸。

难道这是超级英雄在解决我这个魔头？

但当我看到刺杀我的那个人的眼睛的时候，我愣在了原地，因为……我认出那是我自己的眼睛。

2.

我醒了，睁开眼睛看到的却是一个完全封闭的实验室。

现在的我躺在椅子上，全身插满了电线，旁边站着几个穿白大褂的实验人员。

"我知道你的心里现在一定充满了问号，我得给你解释一遍。现在是3016.9年，也就是你作为大魔王被抓住的第一年。之前的八年里你一直为非作歹残害了不知道多少人，然后被我们抓到了。"

听着医生的话，我十分纳闷，皱着眉头。

另外一个医生开口："你刚刚所在的世界实际上只是我们建造的梦世界，你现在在服刑。梦里的一年是现实里的一天，那十年都是假的，也不是你的人生。"

我渐渐清醒过来，却没有明白眼前的一切。

难道，一切都是假的吗？

"赵大洋只是个被你残害的可怜人，这些全都是。"那个医生拿出一本厚厚的书，上面贴满了照片。

让我去梦境里体验被我残害的人的一生，这就是对我的惩罚吗？

不过这惩罚确实管用，我恨了让我家破人亡的人十年，但是最终却发现那个人就是我自己。

没有人知道现在的我有多伤心。

他们已经开始准备下一次的药剂了。

“这次你要体验的是一个女孩子的一生。在她结婚当日，你大开杀戒，在她面前把她心爱的人撕碎。”医生说得咬牙切齿，随后把手里的针剂注射到了我的身上。

“这个药剂，是能够让我沉睡的吗？”

“不，这是为了让你拥有良心，只有这样你才能懂得什么叫作伤心。”医生面无表情，把药剂注射进了我的胳膊。

良心吗？

“这是痛苦的药引，只有有了良心，才能感觉到痛。只可惜，你之前没有。”

3.

我叫牛小蝶，明天是我的婚礼……

4.

你现在的人生，是报应，还是真实……

TIAN TANG FANG JIA YI KUAI QIAN YI PING FANG MI

天堂房价一块钱一平方米

06

如果告诉你，这个世界上有一个地方，房价一块钱一平方米，你会心动前往吗?

相信大多数人的答案都是肯定的。

但是如果再告诉你，去这个地方的条件是死亡呢?

估计很多人会骂上一句“你有病吧”，然后转身离去。

没错，这个因为无人居住而导致房价比米价还便宜的地方，就是天堂。

我是第四百零九位天堂房屋销售员，负责招揽客人入住。但是因为“天堂”这个名称太过于吓人，以至我从业以来一栋房子都没有卖出去过。

看着装修华丽却根本无人居住的别墅，我沉默了，也决定像其他销售员一样下凡看看。

其实，不怪天堂的房子难卖，而是因为来到天堂的人实在太少了。现代社会医疗越来越发达，每年的死亡人数也在急剧下降，甚至人类还在研究永生技术。

2049年，人类攻克了大部分疾病，之前的绝症现在都变成了发烧感冒一样的小病，到医院里随便打个针就能解决。

而人类的平均寿命更是变成了一百八十九岁，这可愁坏了地狱和天堂的销售员，他们的房产销量急剧下滑。

我搞不懂，人间到底有什么让那群人留恋，甚至让他们用尽一切方法想继续存活下去？

大概是因为他们不知道，死后才是真正的永生，才能真正享乐吧？

于是，我身负卖房的使命，到了人间。

天堂对于居住者是有要求的，要么是做了很多的善事，要么是人类当中的佼佼者。

我的目标正是这几种类型的人。

实话说，这些年人间的变化很大，到处都充满了科技的力量，周围的磁场四通八达，据说这些磁场已经覆盖了整个地球。

而每个人的脸上都有一个小小的芯片，那是他们的通信工具，用来互相联络。

正在我欣赏得起劲的时候，一个身影引起了我的注意。

一个眼睛红红的人出现在我的视野当中。我认得他，那是地狱的销售使者。

看来，抢生意的来了。

“你也来卖房子？”我拍了拍他的肩膀。

“各凭本事呗。”牛二瞪了我一眼。

呵，论嘴皮子功夫，我就没有服过谁。

我拿出自己的小本子看了一下，我事先确定的目标有三个：孤儿院老院长、科学家姑娘、流浪汉。

为什么选中他们三个？

因为他们都为人类做过很大的贡献。

或许有人会问，流浪汉到底做过什么？

其实，这事不大，但是关系到三条人命——他之前独自走夜路的时候，遇到一个晕倒的孕妇，在他的呼救声中路人纷纷前来帮忙，这才拯救了孕妇和她的双胞胎胎儿。

或许只是一个偶然的善举，就能带来太多太多的福报。

任务正式开始，我第一个拜访的是老院长。

这个孤儿院建在城郊，一进门就能看到好几个可爱的小孩子在一起玩滑滑梯。整个院子是欧式风格，还有几个工作人员在打扫，他们看起来慈眉善目。

我面见了院长，并向他讲解了很多关于天堂的事情，其中包括房子一平方米只需要一块钱这个消息。

我本以为他会不相信，但是，老院长听完却点点头。

“我相信你的话，但是我不能跟着你一起离开人间，因为我有没有完成的愿望。”

“什么愿望？”我觉得这事有戏。

老院长接着开口，讲述了他的一生。

老院长原本是个普通的工薪族，但是一次意外让他和自己的女儿走散。就是因为那次意外，让他放弃了一切去寻找孩子。

后来机缘巧合，他用积蓄创办了这个孤儿院，想要给更多失去家的孩子一个栖息的港湾。

而他没有完成的愿望，就是找到自己那个失散了很多年的女儿，亲自对她说一声“对不起”，他错过了她的童年、她的婚嫁、她的生活。

“没问题，如果我把这个解决，您就了无牵挂，可以跟随我去买房了是吗？”我有点激动，毕竟看起来希望还是很大的。

有了这个目标，我在人间就有了更多的动力。

我转身去了城内。

这个城很繁华，但是对于我来说寻找一个人并不难。就在我准备开通天眼寻找老院长的女儿时，地狱销售使者出现在了我的旁边，而他手里拿着的竟然是我第二个攻略目标的照片。

“你竟然偷看我的目标？你去找这个科学家了？”我瞪大了眼睛，十分生气。

“怎么……怎么了啊？我瞟到你的本子了，提前去看看不行啊？谁说只能你一个人去找她？”地狱使者有些心虚。

“你！”我气不打一处来。

“放心了，她不买房子。我帮你问过了，她要留在人间报仇。”

“报仇？”我好奇。

“对啊，她说她要找当初把她扔掉的那个爹。”

我沉默了，难道……

我拿起女孩的照片，开启天眼，验证了我的想法。

确实是她，她就是老院长的女儿。

就是这么巧，我同时选中了父女两个。

“等下，她为什么要报复她爹？”我抓住了问题的重点。

接着，地狱使者告诉了我，这个女孩的故事。

五岁那年，她和她父亲一起外出逛街，但是父亲却因为救一个孩子而跳入水中，就是在那时，女孩走丢了。

之后女孩被人贩子带到了山中，被敲断了双腿。

再然后，女孩想尽办法才从那群魔鬼的手里逃出来，靠着自己打工维持生活。

她的一辈子本该很幸福，但是因为那一次变故，变成了这个样子。

好在后面她遇到了恩师，恩师带着她开始研究科学，这才让女孩找到了生存的意义——为人类创造芯片。

她一直恨自己的父亲，因为，她觉得自己的一生，就是因为他才变成了现在这样。

“我想到个办法，老弟，我们让他们相见，然后一人一个业绩嘛。怎么样？别小气。”地狱使者提出了他的建议。

“好吧。”我只能选择妥协。

于是，在我们的安排下，老院长和小姑娘见面了。

可是，一切并没有按照我们安排的进行下去。

我们隔着门，听到里面的人在争吵。

“你因为你的舍己为人，让自己的女儿失去了一辈子的幸福。你知道这些年我是怎么过的吗？”

“孩子，我对不起你，但是我……真的没办法违背自己的良心……”

“你就知道你的良心，那我怎么办？我不会原谅你的。”

“对不起，对不起……”

接着，女孩摔门而出，房间里只剩下老院长的哭声。

“这下怎么办？感觉两个人都不会买房了。”地狱使者一脸无奈。

“唉，我猜到了，他们肯定没办法那么容易化解这个难题的。”

短短一天，我的心情可算是跌宕起伏，本以为看到了卖房子的希望，没承想事情变成了这样。

要下班回家的时候，我突然想到了最后那个目标——流浪汉。

或许老院长和科学家都对这个世界有眷恋，但是流浪汉不一样，他每天吃了上顿没下顿，连个家都没有，房子对于他来说简直就是终极梦想。

更何况天堂有吃有喝，无比幸福。

想到这，我瞬间开心了很多，转身去了流浪汉的所在地。

毫不意外，他蓬头垢面，连一身像样的衣服都没有。

我拿出一张十元的纸币放在流浪汉的面前。

他狂喜，向我致谢。

“你愿意随我去天堂吗？那里有吃有喝，有房子，顿顿都能吃到鸡腿。”我笑着说。

显然，流浪汉很激动。

“鸡腿，我已经半辈子没吃过了。”他的眼里流露出渴望，随后站起身开始收拾东西。

“对的，而且去天堂不是人人都能去，这可是天赐恩典，只有被选中的才能去。”

“被选中的才能去？”突然，他的动作停了下来。

我不知道自己说错了什么，让他后悔了。

“你……怎么了？难道你不想吃鸡腿了吗？你是不是害怕死亡啊？其实死亡不可怕，死后就可以……”

“不，我……我还是放弃这次机会吧。”流浪汉突然又坐下了，“做个流浪汉还挺好的。”

我着实不理解，到底发生了什么事情。但是他格外坚持，我只能转身离开。

没想到，我第一次执行任务，就变成了这副样子，三个目标人物，一个也没有完成。

回去睡上一晚，我再次来到了人间。

现在这里已经是一年后了，但和之前没有什么太大的变化。

路过孤儿院的时候，我还是忍不住进去想看一下那位老院长，好奇他和他的女儿到底如何了。

可是当我踏入孤儿院时，却发现这里已经变成了空院子，没有任何孩子。

询问了唯一一个留下来的员工，我才知道，原来是因为老院长生病了，而孩子们已经都被领养走了。

老院长得的是肾部疾病，需要亲人的肾才能完全康复，不然下半辈子只能靠着医疗器械维持生命。

“那……那个姑娘？”我想到了他的女儿。

“老院长不让我们联系她。”

想起老院长的脸，我有些于心不忍，摇摇头转身离开。

但是在人间逛了很久，我最终还是决定去看看他的女儿。

等我来到基地，便看到了那个在搞科研的姑娘。

“你还恨你的父亲吗？”我开口。

她还在继续研究她的东西，随口说了一句：“恨啊，一辈子都恨。”

“他现在生病了，需要亲人的肾，但是他不让别人告诉你。”我继续说道。

她动作停了。

随后，她快速将仪器归类，然后脱下了研究院的服装，转身朝着门外走去。

“你去干吗？”

“买饭不行吗？”

她走了。

有时候，我真的搞不懂人类的想法。

路过医院的时候，我特意进了病房。

此时，老院长的灵魂已经飘在空中了。

“这下能跟着我去买房子了吧？”我笑着对老院长说。

老院长叹气，就好像我在逼着他做什么苦差事一样。

就在我牵起老院长的手，准备带他离开的时候，手术室的门突然被推开，走进来的是那个女孩。

“快，现在就手术！我是她的女儿，亲女儿，现在就手术，必须救活我爸爸！”女孩满眼泪水，完全没有了之前见面时的坚强。

我愣住了。

接着的画面，让我更加震惊。

病房外不知道什么时候来了很多人，那些都是曾在孤儿院生活过的孩子，他们站在病房外，一个比一个哭得厉害。

瞬间，一股暖流涌入我的身体，让我湿润了眼眶。

女孩走到病床旁：“爸，我早就原谅你了，爸……”

“老院长，你就算继续留在人间，也只能被病痛折磨，还不如现在……”

“哪怕就能活一年，也值得。”老院长看着他的孩子们，毅然决然地回到了身体当中。

看着那一滴滴眼泪，我似乎明白了他们想要留在人间的原因。

从人间走时，我再次看到了那个流浪汉，他蜷缩在角落里，盖着一个单薄的外套，瑟瑟发抖。

我于心不忍，变出一床被子盖在了他的身上。

“你后悔了吗？明明你可以吃喝不愁，去天堂享乐的。”我摇摇头。

“又是你呀，小伙子。我……其实后悔过啊，但是……”流浪汉笑着，抬起胳膊，我这才看到他的怀里有四只小狗。

就在这时，一只大狗朝着这边跑来，它似乎把我当成了入侵者，对着我一直在叫。

“大黄别叫。”流浪汉一声令下，那狗果然不叫了。

接着，流浪汉又傻傻地笑起来：“当时大黄正怀着小狗呢，我要是走了，它怎么办？瞧，这已经是第二窝小崽子了，可爱吧？”

面前的场景十分温馨，流浪汉搂着小狗，大狗叼着一份盒饭，这个小小的角落就好像他们的家。

我站在原地，却说不出任何一句话来。

离开人间时，我回头看了一眼。

我终于知道人类这种生物的奇妙之处了。

我也知道为何他们费尽心思也想要长寿了。

长寿不是害怕死亡，是想要延长幸福。

幸福不是天堂的豪宅，幸福只有他们自己才知道是什么。

我是天堂房屋销售员，但是现在，我想辞职了。

RENLEI JING JIAN JI HUA

人类精简计划

07

我是被人类创造出来的，但是当他们知道我根本没办法产生新型能源的时候，我被放回了原本的地方——垃圾站。

3049年，我被一群疯子科学家从垃圾站捡到了实验室。他们不分日夜地研究我，最终把我放入一个机器人的躯壳当中，并取名001号。

听说，我并不属于这个星球，而是属于遥远的火星，一次陨石的降落，让我无意间到了地球，从此沉寂在泥土里很多年。

而那群疯子科学家之所以找到我，是因为觉得我这个晶石可以产生一种新型能源——火星源。

忘记说了，现在的人类数量减少了一大半，精简计划也逐渐接近尾声了。

什么叫作精简计划？

这事还得从我刚来到地球时开始说起，那个时候地球的资源即将面临枯竭，越来越发达的科技需要大量的不可再生资源做支撑，直到将地球的能源用尽。

而我母星的陨石落入地球，更是让这一状况雪上加霜。

于是，人类开启了精简计划，淘汰了一大批对社会没有贡献的人，以此来保证剩下那批人能够生存下去。

我不知道那群被精简的人究竟去了哪里，毕竟对于往事，我只能从那些旧报纸中了解。

那批疯子科学家本来是第一批被精简的人类，但是他们逃出来了，因为他们想要找到新型能源去拯救整个地球。

所有的希望都在我身上，现在希望破灭了。

“我就说吧，这个机器人根本没有用，几年时间，全部白费了。”甲菲很生气，她是个女人，但是剪着短发，说话办事都很利索，我的外形就是她设计的。

“我怎么知道火星晶体没有用？我以为它能和地球资源很顺利地融合，并且源源不断地产生新型火星源。”现在说话的是赵末，他原本是甲菲的老公，只是后来他们离婚了。

剩下的几个白大褂分别叫三七、陈源、李子涛。好像很久之前，他们和赵末、甲菲是同一个大学的学生，关系很好。

就这样，我被扔回了垃圾站。

实话说，我也很想创造出新能源，想要自己有用。但是很可惜，我好像就是个普通的晶石，产生的能量就只够这个小机器人行走和思考。

这微薄的能量对于接近瘫痪的人类社会，毫无意义。

垃圾场有些臭，我躺在一个破椅子上看着天空，不敢相信自己就来自那里。

就在我快要睡着的时候，突然一个声音响起。

“电池给你。”

是甲菲，她将电池扔到了我的旁边，开口说：“虽然你没有用，但是好歹也是我们创造出来的。”

我看着电池，眨了眨电子眼。

“走了，再也不见。”甲菲转身离开。

我蹲下身拿起电池，这是我离开了就不能生存的东西。

这些年，自从我被创造出来之后，这群疯子科学家都对我很好，最起码电池一直都供应充足，我不敢相信他们是传闻中的那群恶人。

相传当初精简计划实施后，有一批人为了逃出来，把自己的亲人扔进了精简炉。后来他们被抓住，就在执行者准备清除他们的记忆再将他们扔进炉中时，他们又找到机会跑掉了。

而那群人就是这群疯子科学家。

这些年他们也一直都在逃避追捕。

他们的那段记忆是被清除的，甚至不记得自己当初为什么会做出这么残忍的决定——让自己的亲人代替自己被精简，也不记得自己背叛的亲人究竟是谁。

唉！

我叹气，缓缓睡去。

我具有人类仿生功能，也需要按时睡眠。

我一觉醒来，天已经微微亮了起来。我伸手一摸，却摸到了旁边的电池——电池多了很多。

我连忙看去，果然，原本甲菲送来的电池袋子里多出了很多电池。

难道……我的能力生效了？

我连忙站起身，看着那些电池兴奋不已。当初他们创造我的目的就是为了让我能把能源加倍，现在我做到了，虽然是在睡梦中进行的。

我赶快把几颗电池握在手中，然后闭上眼睛想要再次沉睡，但是一股电流涌入我的身体，一些陌生的记忆也蹿了进来。

“你这次到地球的目的，就是看看那群人类是不是值得被救赎。地球已经超负荷了，如果我们不伸出援手，他们就会自然灭亡。但是我们也不是那么好心的，不能平白无故帮助他们，除非他们很值得。”

或许是电流让我想起来之前的事情，也或许这是我的程序乱码了。

但是整理了一段时间的思绪之后，我得出了一个结论——我是带着使命来地球的，而这个使命就是测试人类。只是因为飞船中途出现故障，所以我才失去了记忆变回了原形，然后被他们当作普通的晶石收集起来。

瞬间，其他的回忆也涌入脑海。

例如，我被甲菲和赵末轮流训斥，例如赵末的那些让我反感的生活习惯，再例如他睡觉打呼磨牙……

总之，因为他们，让我一旦想到人类，就开始害怕。

而且，他们还是人类精简计划的背叛者，同时他们也背叛了自己的家人。

这是多么可怕的人类啊！

我整理着这些数据，最后按下发送键，发回了我的母星。

数据传送到百分之一百的时候，我长舒一口气，在原地等待着母星的救援。

但是不远处却传来了脚步声。

因为害怕，我连忙躲到了垃圾桶后面。

只见一群穿着防护服的人拖着麻布口袋从我面前路过。

我记得他们，那群人应该是人类精简计划的执行者，难道……

很快，麻袋里的声音证实了我的想法。

“关得老娘闷死了……”

是甲菲。

他们被捉到了？

我有些担忧，刚想站出去，又冷静了下来。

我不该去担心他们，就是这群人，让自己的亲人代替自己被精简，然后创造了我，却又把我无情抛弃。人类太自私了，面对能源枯竭都能选择抛弃同伴，他们还有什么不能做出来的吗？

这么一想，我瞬间冷静了下来，看着那群人带着麻袋一步步走远，直到消失。

我站出来，努力让自己别去想甲菲他们的事情，但是眼睛却看到了地上的电池。

我把袋子拎起来，发现下面还有一个脚印，而脚印是从实验室那边延伸来的。

“这是怎么回事？”

好奇心让我闭上眼睛启动机器联合系统，我轻而易举调到了垃圾场的监控，监控的画面显示在我睡着的时候，一个身影鬼鬼祟祟站到我身边，然后……在袋子里又放下了几块电池。

那个身影正是赵末。

接下来，是三七、陈源、李子涛，他们好像都是自己偷偷来的，但是每个人都在我身边放了几块电池。

他们……是在关心我？

不可能，明明抛弃同伴、抛弃我的就是他们。

“我……我马上就要回母星了，才不需要电池。”我站在原地，本想扔掉那些没有用的电池，但是看着刚才那群白衣人离开的方向，最终还是把电池握在了手心。

就去看看吧。

我还是去了。

人类精简计划实验基地的防护倒不是很严，我的身形就像个小孩子，所以我很容易就能溜进去，并且利用视线盲区一直走进了总部。

不管怎么说我都是个有大数据加持的晶石，比人类还是聪明很多的。

这个总部看起来有些简陋，整个大厅像个圆球，圆球的中央是精简炉，我知道里面有很多人类。

而那群白衣人拉着甲菲他们，最终站在了精简炉前面。

最先被从袋子里放出来的是甲菲，她的头发虽然很短，但是还是被弄得乱糟糟的。

“什么鬼地方？我们不要被精简！我告诉你，别想让我被精简！”甲菲大喊。

看着她这求生欲，我好像明白了当初她为什么选择把亲人推进精简炉代替自己了。

下一个被放出来的是赵末。

“我早知道你们要来抓我了，几天前就知道。呵呵，我们才不怕。”

他几天前就知道？那他们赶走我，难道是因为……

不，不可能。

我稳住了动摇的心情，继续观察着。

一个穿着白衣的防护人员摘下防护服，他看起来很沧桑，虽然年龄不大，但是满头白发。

“赵末，你不认识我了吗？”

赵末一脸茫然。

“不认识。”

“也对，当年你们的记忆被清除了，这些年我们一直在找你们，直到前几天才找到你们的踪迹。现在，你们必须进精简炉。”男人再次开口。

我很奇怪，因为听这男人的语气，好像是在关心赵末。

可是进精简炉，不就意味着去世吗？人类的生命是很脆弱的。

“我们进去不就死了吗？开什么玩笑？”赵末还是吊儿郎当的样子，不屑一顾。

突然，旁边一个压着赵末的白衣人也摘下帽子，十分气愤地开口：“赵哥，你们的名额可是我和孙哥让出来的，你们这样也太对不起我们了。”

这句话一出，大家都愣住了，包括我。

那个男人，也就是孙哥，摇摇头，开口：“给他们打恢复记忆的针剂吧。”

紧接着，那个后露面的年轻人从旁边找到了针剂，一一扎在了赵末他们的胳膊上。

几分钟内，那几人迅速闭上眼睛又睁开，然后就开始大口大口地喘气。

“药效可能还没到，我来帮你们回忆。”孙哥解释，“当初我们发现资源不够，于是制定了人类精简计划。但是这个计划并不是舍弃一部分人类，而是把他们冷冻起来。至于剩下的那批人则负责拼命寻找能源，好让几百年后这批被冷冻的人活下来。所以，真正被精简的，是对社会有用的人才对，他们被扔进精简炉，实际上就是获得了活命的机会。

“我们收集了很多资料，把大批的科学家聚集在一起，把你们这些祖国的未来放进精简炉，对外声称精简计划是淘汰一批人，其实这样只是为了不让欲望摧毁这一切。但是我们没想到，比欲望更能占领人心的，是情感。

“大批的科学家不愿意自己进入精简炉，而是把名额让给家人，这其中就包括你们——赵末、甲菲，两个当今世上最伟大的科学家，你们拼命把家人推进精简炉。赵末，你推进去的是你的妈妈，甲菲，你推进去的是你患病的妹妹。

“因为精简炉一旦进入就没办法取消，但是炉容量是有限制的，所以我只能把自己的名额让给你们，只是你们得知了却不愿意进去。无奈之下我只能给你们打针，让你们的神经被刺激，从而封闭这段记忆，准备强行把你们扔进精简炉，只是……你们逃脱了。”

孙哥不断解释着，而甲菲和赵末也好像想起来什么一样，坐在了地上。

“可笑吧？我们努力留住所有精英，但是最后被推进去的却都是精英的亲人、爱人。我们惧怕欲望，才隐瞒了计划的真相，没想到最后打破计划的，是知情人士的人性。”

孙哥说着，眼角流下一滴泪。

“现在人类能源很快就用完了，你们必须进入精简炉，今后人类的生活还要靠你们开启。”孙哥擦干眼泪，挥手示意，让白衣人赶快把他们扔入精简炉。

我瞬间明白了一切。

原来，人性就是这样。

原来，他们自始至终都是为了别人着想，而不是坏透了的科学家。

我看着眼前生死离别的画面，把眼前的景象编辑成视频，再次发送给了我的母星。

半个月后。

人类精简计划终止了，剩下的那批人类彻底摧毁了精简炉，因为新能源被发现了。

那是一种源源不绝的能源，就在垃圾场的地下。

从精简炉中出来的人类相拥而泣，其中就包括赵末和甲菲。

他们没注意，脚下多出了几块电池。

这是我还给他们的。

对了，我现在可是地球能源总管了，这能源是我从火星运来的。

给他们用个几亿年，还是没问题的。

后来我也去探望了赵末和甲菲，他们认出我来了，还问我是不是靠吃垃圾活下来的。

他们两个谁也不承认自己偷偷给我送电池了，可恶！

唉！人类精简计划，可真有意思。

MAN JI XIAO HAI

·满级小孩·

08

1.

我叫童童，是这个世界上第一批满级小孩。从小我就知道，自己和其他孩子并不一样。

我拿回家的卷子永远都是满分，对各种乐器都精通。我不会有叛逆期，不会出现把玩具弄得满屋都是的情况，不会和爸妈顶嘴……

一切都因为，我是满级小孩。

二十五世纪，人类的科技已经发展到顶峰，西装革履的大人们在岗位上发光发热，但是他们回到家却都得面对一群啥都不懂的小屁孩。

人类永远在进步，但是幼崽却永远得从头开始。

一点点教育小孩太累了，不小心还会教导出危害社会的孩子。于是一群科学家开始了他们的探索——目的是创造出一批满级小孩。

什么叫作满级小孩？

大概就是在孕妇怀孕一个月时，就在母体植入芯片，影响胚胎的发育进程，并按照设定好的程序决定孩子的性格、智力、善心等。

在孩子出生后，再用特定的营养液进行喂养，这样喂养大的孩子就会彬彬有礼、学业有成，上再多的补习班也无半句怨言。

我是第一批试验品，因为，我的父亲就是研究这个的。

“妈妈，我去上学了，早饭已经给您弄好，放在桌子上了。”

早晨七点四十五，我准时背上书包，自己扎好马尾辫，并准备好饭菜，去上学。

屋里传来妈妈迷迷糊糊的声音：“贝儿，快去吧。”

“好的。”

妈妈经常把我的名字喊错，但是我并不会介意，因为我对父母根本没有办法生气。

贝儿是我姐姐的名字，但是听说在我出生前，姐姐和爸妈闹了矛盾，独自离开了。从此妈妈就患上了精神疾病，抱着抱枕喊姐姐的名字。

所以，爸爸才让我诞生，一个不会反驳的孩子，他相信能够彻底治愈母亲。

确实，我没有办法理解姐姐会和父母产生矛盾这一点，在我的认知里，那是给了自己生命的人，他们不管说什么都是对的。

我到学校的时候，刚好是八点整。我坐在课堂上，认认真真地看着黑板。

我不会在书上的插图上涂鸦，不会上课传小字条，也不会和同桌悄悄讨论班上哪个男孩子比较帅。

“这次考试童童还是满分，其他人要努力哦。”老师在讲台上念着我的名字，同桌小胖托着他的脸，纳闷地看着我。

“你说你为什么又是满分？这下妈妈又要批评我了，答应我的奖励也没了。”小胖子有些怨气。

奖励是什么？批评是什么？

我完全没有概念。

因为对于一向优秀的我来说，把满分的卷子拿回家的时候，父母并不会有什么情绪波动。

原本这一切都很完美，我也会按照爸爸说的，今后继续跟随他搞科研，然后嫁个他们满意的男人，永远留在家乡做建设……

但是，高三那年，意外出现了。

意外，是那个我在路上偶遇的卖花的女人。

她个子高高的，看起来比我大很多，她的嘴角有一道疤，手里拎着花篮。

“要买花吗？小姑娘，很漂亮的，还很香，十块钱一枝。”那女人对着我笑了一下，那笑容感觉很熟悉。

“我不要鲜花，谢谢您。”我也回了她一个微笑。

我对于鲜花一直都是避之不及的，因为我的母亲对花粉过敏。

而我的父亲也一再警告，不许我把任何鲜花带回家。

“因为我母亲对花粉过敏。”我为了不让卖花的女人因为这次拒绝而难过，补充了一句。

随后我转身准备离开。

“其实，我是你的姐姐，童童。”

“姐姐？”

我停下脚步。

2.

“我真的是你姐姐，我叫贝儿。或许你对我没有什么印象，但是我之前偷偷了解过你。因为担心你，我才从国外回来，想要来看看你。”贝儿放下花篮，朝着我走来。

怪不得，我看她感觉很熟悉，现在才反应过来，她很像妈妈。

“你过得还好吧？爸妈应该不会为难你，有了我的例子，爸妈肯定不会为难你的。”她眼含泪水。

“什么？”我听不懂她的话。

贝儿突然看到了我手中的卷子，她拿了过去。

那是我期末考试的卷子。

“你……”她看着卷子瞪大了眼睛，“全部……都是满分？”

是的，全部都是满分。

从小到大，我的满分卷子已经可以摆满整个屋子，刚开始爸爸还很开心，后来成了习惯，已经不过问我的成绩了。

平时在家，我们也没有过多的交流，我总是能判断出他什么时候想要喝水，记得母亲什么时候吃药。

“你很优秀，他们应该很喜欢你。”贝儿看着我，好像满眼心疼。

“因为我是满级孩子。”

我不会对亲人撒谎，自然会对姐姐实话实说。

“满级孩子？爸爸的实验？”贝儿好像觉得很不可思议。

接下来，姐姐和我聊了很多。

我也是第一次知道，为什么爸爸从不在我面前提姐姐。

因为她和家里人决裂了。

“我小时候和你不一样，我是个彻头彻尾的熊孩子，很不乖的那种，成绩各种不及格，还爱顶嘴。最主要的是，我不想今后帮着爸爸搞科研。虽然那工作很赚钱，还会为人类做贡献，很伟大，但是我只喜欢花，各种各样的花。

“但是那年，爸爸折断了我花园里所有的花，把我的志愿改成了他想要的大学，还给我安排了一个男朋友。可笑吧？我刚成年，他就帮我选好了相亲对象。

“你是满级孩子，或许你不懂，那种人生明明有很多条道路，却被父亲按着走一条不想走的路的那种感觉。最主要的是，那天晚上我把我自己找的对象带回家，他生气地打了我，嘴角这道疤就是那时候留下的。

“父亲爱我，但是那份爱太沉重了。他不接受不优秀的我，不接受不想和他安排的人结婚的我，不接受喜欢花花草草的我。

“或许你才是他真正想要的孩子。童童，姐姐想要告诉你，如果你觉得你很累，不要勉强，你要做自己。

“世界上有千千万万种人，如果把优秀的标准统一化，再把所有孩子变得优秀，那太可怕了。你看，旁边那个烧烤摊的孩子，他在玩小汽车，或许他今后想要成为司机，普通但快乐。每个岗位都很平凡，但是每个人都会快乐。”

和贝儿聊完，走在回家路上的我，脑海里一直回荡着她的声音。

回到家门口，我看到了旁边的邻居，他们正在院子里，那个小孩和我差不多大，正在帮着他的妈妈浇花。

“你今天怎么这么乖？打什么鬼主意了？小鬼头。”那个母亲敲了一下孩子的头。

“妈，我想买辆自行车……嘿嘿，我的好妈妈。”孩子撒娇。

“好吧，看在你帮我浇花干家务的分上。”

“太好啦，妈妈同意啦！”

这些场景，在我们家是绝对不会出现的，甚至，我的情绪都没有波动，每天只会循规蹈矩地做一些讨爸妈开心的事情。

“妈妈我回来了，爸爸我回来了。”我开门走进去，爸爸正在看电视。

电视里播放着新闻，我走进去的时候，好像刚好在播芯片的事情：“现在，就算不是从胚胎开始也能直接植入芯片了吗？任何年龄段都可以？对的，任何时间！让你的孩子，变得优秀。”

爸爸把电视机关上了，站起身，去屋里找妈妈聊天。

而我则继续打开电视，看着里面的画面。

一批批医院里的孩子，被穿着防护服的人带走，又运送回来。

回来的那批婴儿不会哭闹，只会乖巧地对着父母笑，也不会把婴儿床尿得脏兮兮的，甚至不会吐奶。

电视上还在播放着成功案例的消息，其中就有我的照片，一项项优秀的成绩摆出来，应该会让无数家庭为之动心。

而我，看着家里沉默的气氛，看着连半句话都不想和我说的父亲，陷入沉默。

我成功吗？

还是姐姐更成功？

什么是成功？

人类的满级婴儿，真的会让这个多彩的世界变得更加优秀吗？

我默默地开始做饭，但是这次却有些心不在焉。

第二天早晨，我照例去上学，却被调了班级。

这次我被调到了顶级班。

踏入教室，我看到清一色美丽帅气的孩子，他们和我一样微笑着坐在位子上，手里拿着笔，礼貌又高贵。

他们的面前无一不放着满分的试卷。

这个班的平均分就是满分。

我突然意识到，大人们，想要这个世界的平均分变成满分。

但是他们自己呢？

我想起爸爸抽烟的样子，妈妈和闺密煲电话粥忘记洗衣机里的衣服时的样子……

回到家，我再次看到了在看电视的爸爸，但是这次的他却紧张兮兮的。

“今天突然有人提出，或许可以让家长也接受芯片植入，让完美的人类更多一些。但是没想到，这一想法得到了大部分家长的反对，他们甚至成立了反对协会……”

电视里接下来的画面，是一群家长举着抗议旗帜的画面。

但是我分明记得，那群人昨天还笑着说，支持满级婴儿。

“爸爸，我回来了。”

我问好，但是爸爸没有在意，反而愤恨地关掉了电视。

“这真是搞笑，家长需要什么满级啊？我的科研是这么用的吗？明明是给孩子用的！

“还说什么，让聪明人都去做医生研究药物，我喜欢的就是科研，想要让我乖乖植入芯片，然后听那群人的话去做医生？想得美！

“最可笑的就是，植入芯片后连吐痰都不会了，那叫人吗？那叫机器人。可笑！”

我听着父亲的声音，却不知道自己该说什么。

我转身看向窗外。

隔壁邻居家的孩子拿着卷子不敢进门，他的妈妈正在屋子里准备香喷喷的苹果派。

马路对面，贝儿提着花篮卖着鲜花，旁边一个同龄女人在帮她擦汗。

我又转身，看着自己。

那句话还是没有说出口。

“爸爸，你知道吗？我也不会吐痰，生来，就不会。”

BA BAI NIAN DE REN YU YUE DING

八百年的人鱼约定

09

素溪娘娘是宫里出了名的美人，眉眼如画、身材婀娜。

但是她好像脑子不太好。

别人进宫都是奔着荣华富贵去的，她是奔着皇帝的身子去的。

素溪娘娘进宫以来，一共偷看了八次皇帝洗澡，偷溜进皇帝寝宫十六次，其中有十五次是在皇帝的被窝里被抓出来的。

久而久之，皇帝也习惯了。

有个时刻馋自己身子的嫔妃怎么办？

还能怎么办？宠着呗。

虽然她脑子不好，但是耐不过她好看啊。

“娘娘，您能不能收敛点？”

素溪宫里，素溪穿上了一身夜行衣，又拎起一根蜡烛，准备出门，旁边的宫女一脸愁容。

“你懂什么？我这是身怀使命，我去了。”素溪看着皇帝寝宫的方向，毅然决然踏出房门。

她轻车熟路地翻上屋顶，到了后院，然后打开窗户，悄悄翻进皇帝的寝宫。

看着正在床上熟睡的皇上，她眯起眼睛，拿着蜡烛仔仔细细地观察着。

其实，素溪才不是什么馋皇帝身子，而是……

她怀疑，皇帝不是人。

其实，她也不是人，是人鱼，在水里生活的那种。

这个世界上，总共有两种人类，一个是陆地型，一个就是他们人鱼一族了。

只是人鱼一直栖息在深海，并没有和人类有什么沟通罢了。

但是他们要比人类先进一些，也貌美很多，最主要的是智商要高两三倍。

为了保持两个种族间的和谐，人鱼族一直隐瞒自己的存在，还时不时把海底的一些鱼类送到浅水层让人类捕捉，让最先那批原始人类能够存活下来。

所以换个说话，人类还是人鱼看着发展起来的呢。

而素溪就是深海人鱼的一员，她从小就深爱地球上的生灵。她觉得这么神奇的地球，上面肯定不止两类种族，说不定会有更高级的种族存在，只是也隐藏起来了。

为了证明这个天马行空的想法，素溪经常到浅水区观察。就在她十二岁的时候，果然发现了一个异常的人类。

那个人虎头虎脑的，穿着黄色的马甲，飞在空中。

“我就说！这个世界上肯定不止人鱼和人！”

只可惜，素溪跟着他一路飞了很远，但是最终还是跟丢了。

成年后的素溪，选择变幻成人，进入陆地寻找当年的那个“飞人”。

到了陆地的素溪发现，现在的人类建立了国家，还选出了君主，建设了紫禁城。

而巧的就是，那个君主，就是当初她看的那个小孩子。

所以，素溪就决定，进宫调查。

她本来是准备做宫女的，但是没想到宫女根本没有什么机会接近皇帝，于是只能费尽心机做了嫔妃。

至于怎么费尽心机嘛……

就是趁着皇帝散步，她突然蹿出来，来个意外偶遇，然后靠着一见钟情，成功晋级。

不是素溪吹牛，人鱼的外貌那可是最宝贵的财富，在人类中可吃香了。

册封那天，皇帝问素溪想要什么。

“爱妃，尽管说，朕满足你。”

“我想要皇上飞一个。”

“……”

大臣们无语了，皇帝也无语了。

自从素溪成为妃子，大臣们的上书就没有停过，大部分的人都认为她肯定是个狐狸精，能够变幻的那种，未来是要祸国殃民的。

还有很多大臣拿出了史书，举例证明狐狸精的可怕。

弄得素溪一阵无奈。

她可不是什么狐狸精，如果真的要算，顶多算个人鱼精，而且还不能自己变幻形态，顶多可以化出人类的双腿，在陆地上行走罢了。

这是每个人鱼的基本技能，但是大部分族人是不愿意去陆地的。

毕竟海里有吃有喝，有帅男美女，谁愿意来人族这边耕地种田呢？

只有她，愿意为发现新种族做贡献。

想到这里，素溪叹气。

这些天她偷摸着观察了皇帝很久，但是怎么都没发现他有什么与人类不同的地方，可把她愁坏了。

“难道是隐藏得太深了，我发现不了？不应该啊，连洗澡都看了。”素溪自言自语，嘟着嘴巴。

躺在床上一直没有讲话的皇帝还是开口了：“爱妃，看够了吗？”

“等下皇上，臣妾再看看。”

“……”

这些话被外面的小太监听得一清二楚。

他真不明白皇帝为什么被这个美人迷得神魂颠倒，特意把她的宫殿挪到自己旁边也就算了，还嘱咐自己不要把窗户关上，因为晚上素溪娘娘可能会偷溜进来。

不懂，他着实不懂。

第二天一早，素溪娘娘才从皇帝寝宫里出来。她伸着懒腰，虽说未涂抹脂粉，但是那美貌还是艳压群芳。

“我好累，搞点吃的来。”素溪吩咐旁边的小太监。

“好的，娘娘。”

昨晚她又仔细研究了一下皇帝，发现他确实没有翅膀。那几年前那次，他到底是怎么飞起来的呢？

其实这个皇帝也有些不一样，例如他格外聪明，总爱弄出一些稀奇古怪的小玩意，还总说素溪如果放在现代一定是个绝世大明星。

现代是哪个朝代？明星又是什么？

素溪拿出本子，用毛笔认认真真写下了这几个字，准备到时候带回深海仔细研究。

除了研究皇帝，在后宫的日子是格外无聊的，连宫斗都没有。因为这皇帝的妃子个个很笨，而且无论使什么伎俩都能被皇帝轻而易举地戳穿。

“你们不要给我耍什么小聪明，我可是看过宫斗剧的。”这是皇帝说的。

他总是爱说一些奇奇怪怪的话语，让人捉摸不透。

不过最近宫里倒是很热闹，因为三王爷要来了，很多宫女都拿出了最好看的饰品装扮自己。

“三王爷很好看的，当初他差点成为太子，但是奈何咱们皇帝真的太聪明了，把他比下去了。对了，娘娘，听说咱们皇上是真的天子，十二岁之前傻乎乎，十二岁之后突然比任何人都聪明了。”

素溪身旁的小宫女被她宠得没有规矩，连皇帝和王爷的八卦也敢谈。

不过，她喜欢。

“真的啊？十二岁？”素溪又激动了起来，拿出本子记录，“新型人十二岁开始变聪明……”

“娘娘，这是什么啊？”

“别管了，去给我拿点水，渴死了。”素溪口干舌燥。

因为她本身是生活在海里的人鱼，所以上岸之后是有些不习惯的，必须每天饮用大量的水，不然很容易显现出尾巴，那就麻烦了。

“好的，娘娘。”

素溪看着窗外。

看来，我得找三王爷了解一下。

正月十六，三王爷进宫，皇帝摆了宴席款待，席间，素溪无数次看向王爷。

“爱妃，我看你有点累了，不如回去休息？”皇帝眉头一蹙，明显就是吃醋了。

“我不累、我不累。”素溪的眼睛还是没有离开三王爷。

“朕说你累了你就是累了！”皇帝突然拍桌，让在场的人都吓了一跳。

宫女太监见状连忙跪下赔罪。

素溪这才意识到事情不妙，只能起身退去。

“皇上，臣妾回去休息。”

“准了。”

皇帝心满意足。

回去的路上，素溪一直不明白皇帝为何突然发火，直到宫女的一番话点醒了她。

“皇上这是在吃醋啊，娘娘可不能再看三王爷了。”

“……”

什么啊，她岂是想要情情爱爱的人？她看着三王爷也只不过是想观察他是不是新型人嘛。

晚上的时候，皇帝果不其然翻了素溪的牌子，醉醺醺地找了过来。

“素溪，你……你是不是对三王爷感兴趣？”

“没有，臣妾只是想了解一些皇上小时候的事情。”素溪实话实说。

“我小时候，熊孩子一个，长大之后去了科研实验室，研究……海底生物，之后莫名其妙被传送到这了……”

说到这，皇帝突然吐了，弄的素溪一身都是。

至于他说的那些话嘛，素溪是一点都没听懂。

日子一天一天过去，大家越来越认为素溪是个妖妃了，因为皇帝对她那叫一个百依百顺，要什么给什么，从来不含糊。

而素溪也很自在，每天调查调查，顺便吃喝玩乐，闲来无事还能和皇帝聊聊天。

这个皇帝说，他确实是人类，但是是来自另外一个时代的。而那个飞起来的画面他用的并非是自己的翅膀，而是一种叫作滑翔翼的东西，能辅助人类进行飞行。

他说他那个时代十分繁华，以至大家吃饱了没事干开始开采海底资源，开始研究海里到底有没有人鱼。

本来这就是个科学家的猜想，但是后来，大家查证了越来越多人鱼存在的资料，只不过那些资料都是古代的。

所以他们就想了一个办法，让一个人去古代看看。

这件事并不难，一个科学家能够做到，但是他并不想参与历史，无奈之下科学家的儿子挺身而出——因为他对人鱼族也十分感兴趣。

而皇帝说，他就是那个科学家的儿子。

“所以，你真的不是普通人。”素溪瞪大了眼睛，感到十分不可思议。

“真的，但也不是什么好人。小时候我整天在天上飞来飞去，就是为了寻找人鱼。”皇帝回答。

“寻找人鱼怎么就不是好人啦？我也很喜欢寻找新型人啊，这是……科研嘛。”素溪把刚才学到的词现学现用。

“我们的目的不一样。”皇帝摇摇头，看着素溪欲言又止。

素溪歪头：“那……你找到真正的人鱼了吗？”

她说这话有些心虚，因为怕自己的身份被发现——祖宗交代过，人鱼的身份不能在人类面前暴露，会打破和谐。

皇帝叹气：“没有，没找到。”

“没事啦，我也没完成我的目标，哈哈。”素溪放心了很多。

突然，皇帝盯着她，一脸认真地道：“但是我有点不想离开古代了。”

“为什么？你不是说之前你的时代很好很好吗？”

“因为……这里有你。”

素溪承认，她脸红了。

“那要不，你就留在这里好了，我也不走了。”素溪突然想到，之前的祖先有过放弃人鱼身份的例子，但是听说后来都没有好下场。

“不，我们都有属于自己的地方，不是皇宫。”皇帝摇摇头，“或许帮助这个傻皇子活到现在，已经是我全部的使命了。”

素溪不知道这是什么意思，但是内心隐约觉得皇帝要离她而去了。

“你……”

“你先回宫吧，今晚我有些事情要做。”

虽然好奇，但是素溪还是乖乖点头，转身出了皇帝寝宫。

第二天。

“娘娘不好了！皇上！皇上驾崩了！”

皇帝驾崩，举国哀悼。

一世英名的帝王被放进了早就建造好的陵墓，按照安排，所有妃子都得陪葬。

三王爷连夜找到素溪，想要用偷梁换柱的法子将她救走，但是被素溪拒绝了。

于是，素溪被关进了一个小小的墓室，旁边是一箱子珠宝。

小太监临走的时候，特意交代：“娘娘，皇帝让我告诉您，注意珠宝。”

这话让正在哭泣的素溪意识到什么，转身从珠宝箱里翻找着，果不其然，一封信露了出来。

打开，上面正是皇帝的笔迹。

素溪：

你看到这封信的时候，我已经离开了。不过不要害怕，我不是死去了，而是回到了我自己的时代，那个很美好的时代。

虽然不舍得，但是我必须说再见了。

其实，我一直知道你的身份——人鱼族。

小时候我利用自制机器飞行，远远就看到了一条倾国倾城的人鱼，我故意在天空盘旋，为的只是能够多看你几眼。

后来登基，我找遍了全国却寻不到你，没想到你竟然傻乎乎地入宫了。

入宫后的你一直都是个小宫女，探头探脑的样子可爱极了，就在我想办法纳你为妃的时候，你竟然主动出击了。那天的偶遇，是我们共同的计划。

和你在一起的时候真的很开心，开心到我不舍得离去。但是没办法，时间到了，历史上这个皇帝就是这个日子去世的，我不能改变历史，只能回去。

我最不放心的就是你，人鱼的寿命长达几千年，我不能让你在这个小皇宫里去世，所以才找到了让你脱身的办法。

你的陵墓左下方有一块石砖可以挪动，那里通向大海。去吧，那才是属于你的地方。

如果可以，八百年后，在我们初次相遇的海岸边等我好吗？

如果那个时候，你还记得我的话，我会娶你。

记得吗？我们那个时代可是一夫一妻制的，我只娶你一个。

张栋岸

素溪看着这个名字，流下眼泪。

她转身碰了下石砖，果然可以移开。

顺着密道，素溪回到了大海。

她的外貌，在人鱼中也是佼佼者，但接下来的八百年，素溪都没有找伴侣，因为她相信，皇帝在另一个时代等着她。

八百年后，海底的人鱼集体迁移到了更深的海域，因为人类越发猖狂，连大海都想霸占。

最后关头，一个貌美的人鱼从大部队中逃出，游向相反的方向，然后摘下一种特殊的海草，吞了进去。

她知道吞入这种海草，就意味着今后彻底成为人类，也意味着她只有几十年的寿命。

但是，她愿意。

海岸旁，一个男人穿着西装站在那里，忐忑地看着海岸。

而他身后，还有一个轮椅，轮椅上坐着一个女人，那女人面色苍白，双眼无神。

“阿红，相信我，那个人鱼已经爱上我了，我一定能拿到她的心脏，给你治病，一定可以的，阿红……”张栋岸握紧拳头，好像在自言自语。

当初，他发现了人鱼的秘密，长生、深海、貌美。但是无论人类用什么技术都没办法接触到狡猾的人鱼，而唯一见到人鱼的记载，是古代的一个傻瓜皇帝。

所以，他研究了很多年，穿回了过去，撒下这个爱情的谎。

远处，一个带着尾巴的人鱼慢慢浮出水面。

果然，人鱼也是有感情的。穿回来的第一件事，他就来到海边等着，而现在，一切都是值得的。

张栋岸笑了一下，扬起手。

下一秒，无数只箭射向那个人鱼。

她在阳光中，慢慢倒下。

张栋岸跑去，看着在岸边奄奄一息的素溪，蹲下身：“八百年了，你好像没有变化，还是那么傻。”

素溪拼尽全力，却一句话都说不出口。

就在张栋岸欣喜若狂准备把她带去医院的时候，他突然发现，素溪的鱼尾在阳光下慢慢消失了。

“不，你不能变成人类，你必须是人鱼。不要！我的妻子需要你救命，求你……不要！”

但是没有办法，素溪慢慢停止了呼吸，而她的鱼尾也彻底变成了双腿。

对你来说是一场实验。

对我来说却是整整八百年，是一辈子。